课文作家
经典作品系列

草原·北京的春节

老　舍◎著

長江出版傳媒 | 长江少年儿童出版社

古老的济南，城内那么狭窄，城外又那么宽敞，山坡上卧着些小村庄，小村庄的房顶上卧着点儿雪，对，这是张小水墨画，也许是唐代的名手画的吧。

——《济南的冬天》

四面都有小丘，平地是绿的，小丘也是绿的。羊群一会儿上了小丘，一会儿又下来，走在哪里都像给无边的绿毯绣上了白色的大花。那些小丘的线条是那么柔美，就像只用绿色渲染，不用墨线勾勒的中国画那样，到处翠色欲流，轻轻流入云际。

——《草原》

元宵节，处处悬灯结彩，整条大街像是办喜事，火炽而美丽。

——《北京的春节》

目 录

第一辑

四季风华

草　原

这次，我看到了草原。那里的天比别处的更可爱，空气是那么清鲜，天空是那么明朗，使我总想高歌一曲，表示我满心的愉快。在天底下，一碧千里，而并不茫茫。四面都有小丘，平地是绿的，小丘也是绿的。羊群一会儿上了小丘，一会儿又下来，走在哪里都像给无边的绿毯绣上了白色的大花。那些小丘的线条是那么柔美，就像只用绿色渲染，不用墨线勾勒的中国画那样，到处翠色欲流，轻轻流入云际。这种境界，既使人惊叹，又叫人舒服，既愿久立四望，又想坐下低吟一首奇丽的小诗。在这境界里，连骏马和大牛都有时候静立不动，好像回味着草原的无限乐趣。

我们访问的是陈巴尔虎旗。汽车走了一百五十里，才到达目的地。一百五十里全是草原。再走一百五十里，也还是草原。草原上行车十分洒脱，只要方向不错，怎么走都可以。初入草原，听不见一点儿声音，也看不见什么东西，除了一些忽飞忽落的小鸟。走了许久，远远地望见了一条迂回的明如玻璃的带子——河！牛羊多起来，也看到了马群，隐隐有鞭子的轻响。快了，快到了。忽然，像被一阵风吹来似的，远处的小丘上出现了一群马，马上的男女老少穿着各色的衣裳，群马疾驰，襟飘带舞，像一条彩虹向我们飞过来。这是主人来到几十里外欢迎远客。见到我们，主人们立刻拨转马头，欢呼着，飞驰着，在汽车左右与前面引路。静寂的草原热闹起来：欢呼声，车声，马蹄声，响成一片。车跟着马飞过小丘，看见了几座蒙古包。

蒙古包外，许多匹马，许多辆车。人很多，都是从几十里外乘马或坐车来看我们的。主人们下了马，我们下了车。也不知道是谁的手，总是热乎乎地握着，握住不散。大家的语言不同，心可是一样。你说你的，我说我的，总的意思是民族团结互助。

也不知怎的，就进了蒙古包。奶茶倒上了，奶豆腐摆上了，主客都盘腿坐下，谁都有礼貌，谁都又那么亲热，一点儿不拘束。不大一会儿，好客的主人端进来大盘的手抓羊肉。干部向我们敬酒，七十岁的老翁向我们敬酒。我们回敬，主人再举杯，我们再回敬。这时候，鄂温克姑娘们戴着尖尖的帽子，既大方，又稍有点儿羞涩，来给客人们唱民歌。我们同行的歌手也赶紧唱起来，歌声似乎比什么语言都更响亮，都更感人，不管唱的是什么，听者总会露出会心的微笑。

饭后，小伙子们表演套马、摔跤，姑娘们表演了民族舞蹈。客人们也舞的舞，唱的唱，还要骑一骑蒙古马。太阳已经偏西，谁也不肯走。是啊！蒙汉情深何忍别，天涯碧草话斜阳！

（节选自《内蒙风光》，选用时有改动）

林　海

我总以为大兴安岭奇峰怪石高不可攀。这回有机会看到它，并且走进原始森林，脚踩在积得几尺厚的松针上，手摸到那些古木，才证实这个悦耳的名字是那样亲切与舒服。

大兴安岭的这个“岭”，跟秦岭的“岭”大不一样。这里的岭的确很多，横着的，顺着的，高点儿的，矮点儿的，长点儿的，短点儿的，可是没有一条使人想起“云横秦岭”那种险句。多少条岭啊，在疾驰的火车上看了几个钟头，看也看不完，看也看不厌。每条岭都是那么温柔，自山脚至岭顶长满了珍贵的林木，谁也不孤峰突起，盛气凌人。

目之所及，哪里都是绿的，的确是林海，群岭起伏是林海的波浪。多少种绿颜色呀：深的，浅的，明的，暗的，绿得难以形容，恐怕只有画家才能够描绘出这么多的绿颜色来呢！

兴安岭上千般宝，第一应夸落叶松。是的，这里是落叶松的海洋。看，海边上不是还泛着白色的浪花吗？那是些俏丽的白桦，树干是银白色的。在阳光下，大片青松的边沿闪动着白桦的银裙，不是像海边的浪花吗？

两山之间往往流动着清可见底的小河。河岸上有多少野花啊！我是爱花的人，到这里却叫不出那些花的名儿来。兴安岭多么会打扮自己呀：青松做衫，白桦为裙，还穿着绣花鞋。连树与树之间的空隙也不缺乏色彩：松影下开着各种小花，招来各色的小蝴蝶——它们很亲热地落在客人身上。花丛里还隐藏着珊瑚珠似的小红豆，兴安岭中的酒厂酿造的红豆酒，就是用这些小野果酿成的，味道很好。

看到那数不尽的青松白桦，谁能不向四面八方望一望呢？有多少省市用过这里的木材呀！大至矿井、铁路，小至椽柱、桌椅。千山一碧，万古长青，恰好与广厦、良材联系在一起。所以，兴安岭越看越可爱！它的美丽与建设结为一体，美得并不空洞，叫人心中感到亲切、舒服。

及至看到了林场，这种亲切之感更加深厚了。我们伐木取材，也造林护苗，一手砍，一手栽。我们不仅取宝，也做科学研究，使林海不但能够万古长青，而且可以综合利用。山林中已经有不少的市镇，给兴安岭增添了新的景色，增添了愉快的劳动歌声。人与山的关系日益密切，怎能不使我们感到亲切、舒服呢？我不晓得当初为什么管它叫做兴安岭，由今天看来，它的确含有兴国安邦的意义。

（节选自《内蒙风光》，选用时有改动）

风 景 区

扎兰屯真无愧是塞上的一颗珍珠。多么幽美呀！它不像苏杭那么明媚，也没有天山万古积雪的气势，可是它独具风格，幽美得迷人。它几乎没有什么人工的雕饰，只是纯系自然的那么一些山川草木。谁也指不出哪里是一“景”，可是谁也不能否认它处处美丽。它没有什么石碑，刻着什么什么烟树，或什么什么奇观。它只是那么纯朴的，大方的，静静的等待着游人。没有游人呢，也没大关系。它并不有意地装饰起来，向游人索要诗词，它自己便充满了最纯朴的诗情词韵。

四面都有小山，既无奇峰，也没有古寺，只是那么静静地在青天下绣成一个翠环。环中间有一条河，河岸上这里多些，那里少些，随便地长着绿柳白杨。几头黄牛，一小群白羊，在有阳光的地方低着头吃草，并看不见牧童。也许有，恐怕是藏在柳荫下钓鱼呢。河岸是绿的。高坡也是绿的。绿色一直接上了远远的青山。这种绿色使人在梦里也忘不了，好像细致地染在心灵里。

绿草中有多少花呀。石竹，桔梗，还有许多说不上名儿的，都那么毫不矜持地开着各色的花，吐着各种香味，招来无数的凤蝶，闲散而又忙碌地飞来飞去。既不必找小亭，也不必找石墩，就随便坐在绿地上吧。风儿多么清凉，日光可又那么和暖，使人在凉暖之间想闭上眼睡去，所谓“陶醉”，也许就是这样吧？

夕阳在山，该回去了。路上到处还是那么绿，还有那么多的草木，可是总看不厌。这里有一片荞麦，开着密密的白花；那里有一片高粱，在微风里摇动着红穗。也必须立定看一看，平常的东西放在这里仿佛就与众不同。正是因为有些荞麦与高粱，我们才越觉得全部风景的自自然然，幽美而亲切。看，那间小屋上的金黄的大瓜哟！也得看好大半天，仿佛向来也没有看见过！

是不是因为扎兰屯在内蒙古，所以才把五分美说成十分呢？一点也不是！我们不便拿它和苏杭或桂林山水做比较，但是假若非比一比不可的话，最公平的说法便是各有千秋。

“天苍苍，野茫茫”在这里就越发显得不恰当了。我并非在这里单纯地宣传美景，我是要指出，并希望矫正以往对内蒙古的那种不正确的看法。知道了一点实际情况，像扎兰屯的美丽，或者就不至于再一听到“口外”“关外”等名词，便想起八月飞雪，万里流沙，望而生畏了。

（节选自《内蒙风光》）

济南的秋天

济南的秋天是诗境的。设若你的幻想中有个中古的老城，有睡着了的大城楼，有狭窄的古石路，有宽厚的石城墙，环城流着一道清溪，倒映着山影，岸上蹲着红袍绿裤的小妞儿。你的幻想中要是这么个境界，那便是济南。设若你幻想不出——许多人是不会幻想的——请到济南来看看吧。

请你在秋天来。那城，那河，那古路，那山影，是终年给你预备着的。可是，加上济南的秋色，济南由古朴的画境转入静美的诗境中了。这个诗意的秋光秋色是济南独有的。上帝把夏天的艺术赐给瑞士，把春天的赐给西湖，秋和冬的全赐给了济南。秋和冬是不好分开的,秋睡熟了一点便是冬，上帝不愿意把它忽然唤醒，所以作个整人情，连秋带冬全给了济南。

诗的境界中必须有山有水。那末，请看济南吧。那颜色不同，方向不同，高矮不同的山，在秋色中便越发的不同了。以颜色说吧，山腰中的松树是青黑的，加上秋阳的斜射，那片青黑便多出些比灰色深，比黑色浅的颜色，把旁边的黄草盖成一层灰中透黄的阴影。山脚是镶着各色条子的，一层层的，有的黄，有的灰，有的绿，有的似乎是藕荷色儿。山顶上的色儿也随着太阳的转移而不同。山顶的颜色不同还不重要，山腰中的颜色不同才真叫人想作几句诗。山腰中的颜色是永远在那儿变动，特别是在秋天，那阳光能够忽然清凉一会儿，忽然又温暖一会儿，这个变动并不激烈，可是山上的颜色觉得出这个变化，而立刻随着变换。忽然黄色更真了一些，忽然又暗了一些，忽然像有层看不见的薄雾在那儿流动，忽然像有股细风替“自然”调和着彩色，轻轻的抹上一层各色俱全而全是淡美的色道儿。有这样的山，再配上那蓝的天，晴暖的阳光;蓝得像要由蓝变绿了，可又没完全绿了；晴暖得要发燥了，可是有点凉风，正和诗一样的温柔；这便是济南的秋。况且因为颜色的不同,那山的高低也更显然了。高的更高了些，低的更低了些，山的棱角曲线在晴空中更真了，更分明了，更瘦硬了。看山顶上那个塔!

再看水。以量说，以质说，以形式说，哪儿的水能比济南？有泉——到处是泉——有河，有湖，这是由形式上分。不管是泉是河是湖，全是那么清，全是那么甜，哎呀，济南是“自然”的 sweet heart 吧？大明湖夏日的莲花，城河的绿柳，自然是美好的了。可是看水，是要看秋水的。济南有秋山，又有秋水，这个秋才算个秋，因为秋神是在济南住家的。先不用说别的，只说水中的绿藻吧。那份儿绿色，除了上帝心中的绿色，恐怕没有别的东西能比拟的。这种鲜绿全借着水的清澄显露出来，好像美人借着镜子鉴赏自己的美。是的，这些绿藻是自己享受那水的甜美呢，不是为谁看的。它们知道它们那点绿的心事，它们终年在那儿吻着水皮，做着绿色的香梦。淘气的鸭子，用黄金的脚掌碰它们一两下。浣女的影儿，吻它们的绿叶一两下。只有这个，是它们的香甜的烦恼。羡慕死诗人呀！

在秋天，水和蓝天一样的清凉。天上微微有些白云，水上微微有些波皱。天水之间，全是清明，温暖的空气，带着一点桂花的香味。山影儿也更真了。秋山秋水虚幻地吻着。山儿不动，水儿微响。那中古的老城，带着这片秋色秋声，是济南，是诗。

（节选自《一些印象》）

济南的冬天

对于一个在北平住惯的人，像我，冬天要是不刮大风，便觉得是奇迹；济南的冬天是没有风声的。对于一个刚由伦敦回来的人，像我，冬天要能看得见日光，便觉得是怪事；济南的冬天是响晴的。自然，在热带的地方，日光是永远那么毒，响亮的天气反有点儿叫人害怕。可是，在北中国的冬天，而能有温晴的天气，济南真得算个宝地。

设若单单是有阳光，那也算不了出奇。请闭上眼想：一个老城，有山有水，全在蓝天下很暖和安适地睡着，只等春风来把他们唤醒，这是不是个理想的境界？

小山整把济南围了个圈儿，只有北边缺着点儿口儿。这一圈小山在冬天特别可爱，好像是把济南放在一个小摇篮里，他们全安静不动地低声地说：“你们放心吧，这儿准保暖和。”真的，济南的人们在冬天是面上含笑的。他们一看那些小山，心中便觉得有了着落，有了依靠。他们由天上看到山上，便不觉地想起：“明天也许就是春天了吧？这样的温暖，今天夜里山草也许就绿起来了吧？”就是这点儿幻想不能一时实现，他们也并不着急，因为有这样慈善的冬天，干啥还希望别的呢！

最妙的是下点儿小雪呀。看吧，山上的矮松越发的青黑，树尖儿上顶着一髻儿白花，好像日本看护妇。山尖全白了，给蓝天镶上一道银边。山坡上有的地方雪厚点儿，有的地方草色还露着；这样，一道儿白，一道儿暗黄，给山们穿上一件带水纹的花衣；看着看着，这件花衣好像被风儿吹动，叫你希望看见一点儿更美的山的肌肤。等到快日落的时候，微黄的阳光斜射在山腰上，那点儿薄雪好像忽然害了羞，微微露出点儿粉色。就是下小雪吧，济南是受不住大雪的，那些小山太秀气！

古老的济南，城内那么狭窄，城外又那么宽敞，山坡上卧着些小村庄，小村庄的房顶上卧着点儿雪，对，这是张小水墨画，也许是唐代的名手画的吧。

那水呢，不但不结冰，反倒在绿萍上冒着点儿热气。

水藻真绿，把终年贮蓄的绿色全拿出来了。天儿越晴，水藻越绿，就凭这些绿的精神，水也不忍得冻上；况且那长枝的垂柳还要在水里照个影儿呢。看吧，由澄清的河水慢慢往上看吧，空中，半空中，天上，自上而下全是那么清亮，那么蓝汪汪的，整个的是块空灵的蓝水晶。这块水晶里，包着红屋顶、黄草山，像地毯上的小团花的小灰色树影。这就是冬天的济南。

（节选自《一些印象》，选用时有改动）

北平的秋

中秋前后是北平最美丽的时候。天气正好不冷不热，昼夜的长短也划分得平匀。没有冬季从蒙古吹来的黄风，也没有伏天里挟着冰雹的暴雨。天是那么高，那么蓝，那么亮，好像是含着笑告诉北平的人们：在这些天里，大自然是不会给你们什么威胁与损害的。西山北山的蓝色都加深了一些，每天傍晚还披上各色的霞帔。

在太平年月，街上的高摊与地摊，和果店里，都陈列出只有北平人才能一一叫出名字来的水果。各种各样的葡萄，各种各样的梨，各种各样的苹果，已经叫人够看够闻够吃的了，偏偏又加上那些又好看好闻好吃的北平特有的葫芦形的大枣，清香甜脆的小白梨，像花红那样大的白海棠，还有只供闻香儿的海棠木瓜，与通体有金星的香槟子，再配上为拜月用的，贴着金纸条的枕形西瓜，与黄的红的鸡冠花，可就使人顾不得只去享口福，而是已经辨不清哪一种香味更好闻，哪一种颜色更好看，微微的有些醉意了！

那些水果，无论是在店里或摊子上，又都摆列的那么好看，果皮上的白霜一点也没蹭掉，而都被摆成放着香气的立体的图案画，使人感到那些果贩都是些艺术家，他们会使美的东西更美一些。况且，他们还会唱呢！他们精心的把摊子摆好,而后用清脆的嗓音唱出有腔调的“果赞”:“唉——一毛钱儿来耶，你就挑一堆我的小白梨儿，皮儿又嫩，水儿又甜，没有一个虫眼儿，我的小嫩白梨儿耶！”歌声在香气中颤动，给苹果葡萄的静丽配上音乐，使人们的脚步放慢，听着看着嗅着北平之秋的美丽。

同时，良乡的肥大的栗子，裹着细沙与糖蜜在路旁唰啦唰啦的炒着，连锅下的柴烟也是香的。“大酒缸”门外，雪白的葱白正拌炒着肥嫩的羊肉；一碗酒，四两肉，有两三毛钱就可以混个醉饱。高粱红的河蟹，用席篓装着，沿街叫卖，而会享受的人们会到正阳楼去用小小的木锤，轻轻敲裂那毛茸茸的蟹脚。

同时，在街上的“香艳的”果摊中间，还有多少个兔儿爷摊子，一层层的摆起粉面彩身，身后插着旗伞的兔儿爷——有大有小，都一样的漂亮工细，有的骑着老虎，有的坐着莲花，有的肩着剃头挑儿，有的背着鲜红的小木柜；这雕塑的小品给千千万万的儿童心中种下美的种子。

同时，以花为粮的丰台开始一挑一挑的往城里运送叶齐苞大的秋菊，而公园中的花匠，与爱美的艺菊家也准备给他们费了半年多的苦心与劳力所养成的奇葩异种开"菊展"。北平的菊种之多，式样之奇，足以甲天下。

同时，像春花一般骄傲与俊美的青年学生，从清华园，从出产莲花白酒的海甸，从东南西北城，到北海去划船；荷花久已残败，可是荷叶还给小船上的男女身上染上一些清香。

同时，那文化过熟的北平人，从一入八月就准备给亲友们送节礼了。街上的铺店用各式的酒瓶，各种馅子的月饼，把自己打扮得像鲜艳的新娘子；就是那不卖礼品的铺户也要凑个热闹，挂起秋节大减价的绸条，迎接北平之秋。

北平之秋就是人间的天堂，也许比天堂更繁荣一点呢！

（节选自《四世同堂》）

第二辑

故城烟火

想 北 平

设若让我写一本小说，以北平作背景，我不至于害怕，因为我可以捡着我知道的写，而躲开我所不知道的。让我单摆浮搁的讲一套北平，我没办法。北平的地方那么大，事情那么多，我知道的真觉太少了，虽然我生在那里，一直到廿七岁才离开。以名胜说，我没到过陶然亭，这多可笑！以此类推，我所知道的那点只是“我的北平”，而我的北平大概等于牛的一毛。

可是，我真爱北平。这个爱几乎是要说而说不出的。我爱我的母亲。怎样爱？我说不出。在我想作一件事讨她老人家喜欢的时候，我独自微微的笑着；在我想到她的健康而不放心的时候，我欲落泪。语言是不够表现我的心情的，只有独自微笑或落泪才足以把内心揭露在外面一些来。我之爱北平也近乎这个。夸奖这个古城的某一点是容易的，可是这就把北平看得太小了。我所爱的北平不是枝枝节节的一些什么，而是整个儿与我的心灵相粘合的一段历史，一大块地方，多少风景名胜，从雨后什刹海的蜻蜓一直到我梦里的玉泉山的塔影，都积凑到一块，每一小的事件中有个我，我的每一思念中有个北平，这只有说不出而已。

真愿成为诗人，把一切好听好看的字都浸在自己的心血里，像杜鹃似的啼出北平的俊伟。啊！我不是诗人！我将永远道不出我的爱，一种像由音乐与图画所引起的爱。这不但是辜负了北平，也对不住我自己，因为我的最初的知识与印象都得自北平，它是在我的血里，我的性格与脾气里有许多地方是这古城所赐给的。我不能爱上海与天津，因为我心中有个北平。可是我说不出来！

伦敦，巴黎，罗马与堪司坦丁堡，曾被称为欧洲的四大“历史的都城”。我知道一些伦敦的情形；巴黎与罗马只是到过而已；堪司坦丁堡根本没有去过。就伦敦，巴黎，罗马来说，巴黎更近似北平——虽然“近似”两字要拉扯得很远——不过，假使让我“家住巴黎”，我一定会和没有家一样的感到寂苦。巴黎，据我看，还太热闹。自然，那里也有空旷静寂的地方，可是又未免太旷；不像北平那样既复杂而又有个边际，使我能摸着——那长着红酸枣的老城墙！面向着积水潭，背后是城墙，坐在石上看水中的小蝌蚪或苇叶上的嫩蜻蜓，我可以快乐的坐一天，心中完全安适，无所求也无可怕，像小儿安睡在摇篮里。是的，北平也有热闹的地方，但是它和太极拳相似，动中有静。巴黎有许多地方使人疲乏，所以咖啡与酒是必要的，以便刺激；在北平，有温和的香片茶就够了。

论说巴黎的布置已比伦敦罗马匀调的多了，可是比上北平还差点事儿。北平在人为之中显出自然，几乎是什么地方既不挤得慌，又不太僻静：最小的胡同里的房子也有院子与树；是空旷的地方也离买卖街与住宅区不远。这种分配法可以算——在我的经验中——天下第一了。北平的好处不在处处设备得完全，而在它处处有空儿，可以使人自由的喘气；不在有好些美丽的建筑，而在建筑的四周都有空闲的地方，使它们成为美景。每一个城楼，每一个牌楼，都可以从老远就看见。况且在街上还可以看见北山与西山呢！

好学的，爱古物的，人们自然喜欢北平，因为这里书多古物多。我不好学，也没钱买古物。对于物质上，我却喜爱北平的花多菜多果子多。花草是费钱的玩艺，可是此地的

"草花儿"很便宜，而且家家有院子，可以花不多的钱而种一院子花,即使算不了什么,可是到底可爱呀。墙上的牵牛，墙根的靠山竹与草茉莉，是多么省钱省事而也足以招来蝴蝶呀！至于青菜，白菜，扁豆，毛豆角，黄瓜，菠菜等等，大多数是直接由城外担来而送到家门口的。雨后，韭菜叶上还往往带着雨时溅起的泥点。青菜摊子上的红红绿绿几乎有诗似的美丽。果子有不少是由西山与北山来的，西山的沙果，海棠，北山的黑枣，柿子，进了城还带着一层白霜儿呀！哼，美国的橘子包着纸；遇到北平的带霜儿的玉李，还不愧杀！

是的，北平是个都城，而能有好多自己产生的花，菜，水果，这就使人更接近了自然。从它里面说，它没有像伦敦的那些成天冒烟的工厂；从外面说，它紧连着园林，菜圃与农村。采菊东篱下，在这里，确是可以悠然见南山的；大概把"南"字变个"西"或"北",也没有多少了不得的吧。像我这样的一个贫寒的人，或者只有在北平能享受一点清福了。

好，不再说了吧；要落泪了，真想念北平呀！

北京的春节

按照北京的老规矩，春节差不多在腊月的初旬就开始了。“腊七腊八，冻死寒鸦”，这是一年里最冷的时候。可是，到了严冬，不久便是春天，所以人们并不因为寒冷而减少过年与迎春的热情。在腊八那天，家家都熬腊八粥。这种特制的粥是祭祖祭神的，可是细一想，它倒是农业社会一种自傲的表现——这种粥是用各种米，各种豆，与各种干果（杏仁、核桃仁、瓜子、荔枝肉、桂圆肉、莲子、花生米、葡萄干、菱角米……）熬成的。这不是粥，而是小型的农业产品展览会。

腊八这天还要泡腊八蒜。把蒜瓣放到高醋里，封起来，为过年吃饺子用。到年底，蒜泡得色如翡翠，醋也有了些辣味，色味双美，使人忍不住要多吃几个饺子。在北京，过年时，家家吃饺子。

从腊八起，铺户就加紧上年货，街上增加了货摊子——卖春联的、卖年画的、卖蜜供的、卖水仙花的等等，他们都是只在这个季节才会出现的。这些摊子都让孩子们的心跳得更快一些。在胡同里，吆喝的声音也比平时更多更复杂，其中也有仅在腊月才出现的，像卖松枝的、薏仁米的、年糕的等等。

孩子们准备过年，第一件事是买杂拌儿。这是用各种干果（花生、胶枣、榛子、栗子等）与蜜饯掺和成的，普通的带皮，高级的没有皮——例如普通的用带皮的榛子，高级的就用榛仁。孩子们喜欢吃这些零七八碎儿，即使没有饺子吃，也必须买杂拌儿。他们的第二件事是买爆竹，特别是男孩子们。恐怕第三件事才是买玩意儿——风筝、空竹、口琴等，和年画。

孩子们忙乱，大人们也紧张。他们必须预备过年吃的喝的用的一切，也必须赶快给孩子做新鞋新衣，好在新年时显出万象更新的气象。

腊月二十三过小年，差不多就是过春节的“彩排”。在老年间，这天晚上家家祭灶王，从一擦黑儿，鞭炮就响起来，人们随着鞭炮声把灶王的纸像焚化，美其名曰送灶王上天。在前几天，街上就有好多卖麦芽糖与江米糖的，糖形或为长方块或为大小瓜形。按旧日的说法：用糖粘住灶王的嘴，他到了天上就不会向玉帝报告家中的坏事了。现在，还有卖糖的，但是只由大家享用，并不再粘灶王的嘴了。

过了二十三，大家就更忙了，春节眨眼就到了啊。在除夕以前，家家必须把春联贴好，必须大扫除一次，名曰扫房。必须把肉、鸡、鱼、青菜、年糕什么的都预备充足，至少足够吃用一个星期的——按老习惯，铺户多数关五天门，到正月初六才开张。假若不预备下几天的吃食，临时不容易补充。

除夕真热闹。家家赶做年菜，到处是酒肉的香味。老少男女都穿起新衣，门外贴好红红的对联，屋里贴好各色的年画，哪一家都灯火通宵，不许间断，鞭炮声日夜不绝。在外边做事的人，除非万不得已，必定赶回家来，吃团圆饭，祭祖。这一夜，除了很小的孩子，没有什么人睡觉，都要守岁。

初一的光景与除夕截然不同：除夕，街上挤满了人；初一，铺户都上着板子，门前堆着昨夜燃放的爆竹纸皮，全城都在休息。

男人们在午前就出动，到亲戚家、朋友家去拜年。女人们在家中接待客人。城内城外有许多寺院开放，任人游览，小贩们在庙外摆摊儿，卖茶、食品和各种玩具。北城外的大钟寺、西城外的白云观、南城的火神庙（厂甸）是最有名的。可是，开庙最初的两三天，并不十分热闹，因为人们正忙着彼此贺年，无暇顾及。到了初五初六，庙会开始风光起来。孩子们特别热心去逛，为的是到城外看看野景，可以骑毛驴，还能买到那些新年特有的玩具。白云观外的广场上有赛轿车赛马的，在老年间，据说还有赛骆驼的。这些比赛并不为争谁第一谁第二，而是在观众面前表演骡马与骑者的美好姿态和娴熟技能。

多数铺户在初六开张，又放鞭炮，从黎明到清早，全城鞭炮声不绝。虽然开了张，可是除了卖吃食与其他重要日用品的铺子，大家并不很忙，铺中的伙计们还可以轮流去逛庙会、逛天桥和听戏。

元宵（汤圆）上市，春节的又一个高潮到了。除夕是热闹的，可是没有月光；元宵节呢，恰好是明月当空。大年初一是体面的，家家门前贴着鲜红的春联，人们穿着新衣裳，可是它还不够美；元宵节，处处悬灯结彩，整条大街像是办喜事，火炽而美丽。有名的老铺都要挂出几百盏灯来：有的一律是玻璃的，有的清一色是牛角的，有的都是纱灯；有的通通彩绘《红楼梦》或《水浒传》故事，有的图案各式各样。这在当年，也就是一种广告。灯一悬起，任何人都可以进到铺中参观，晚间灯中都点上蜡烛，观者就更多。这广告可不庸俗。干果店在灯节还要做一批杂拌儿生意，所以每每独出心裁，制成各样的冰灯，或用麦苗做成一两条碧绿的长龙，把顾客招来。

孩子们买各种花炮燃放，即使不跑到街上去淘气，在家中也照样能有声有光地玩耍。家中也有灯:走马灯、宫灯、各形各色的纸灯，还有纱灯，里面有小铃，到时候就叮叮地响。大家还必须吃元宵啊。这的确是美好快乐的日子。

一眨眼，到了残灯末庙，学生该去上学，大人又去照常做事，春节在正月十九结束了。腊月和正月，在农村正是大家最闲在的时候。过了灯节，天气转暖，大家就又去忙着干活儿了。北京虽是城市,可是它也跟着农村一齐过年，而且过得分外热闹。

春来忆广州

我爱花。因气候、水土等等关系，在北京养花，颇为不易。冬天冷，院里无法摆花，只好都搬到屋里来。每到冬季，我的屋里总是花比人多。形势逼人！屋中养花，有如笼中养鸟，即使用心调护，也养不出个样子来。除非特建花室，实在无法解决问题。我的小院里，又无隙地可建花室！

一看到屋中那些半病的花草，我就立刻想起美丽的广州来。去年春节后，我不是到广州住了一个月吗？哎呀，真是了不起的好地方！人极热情，花似乎也热情！大街小巷，院里墙头，百花齐放，欢迎客人，真是“交友看花在广州”啊！

在广州，对着我的屋门便是一株象牙红，高与楼齐，盛开着一丛丛红艳夺目的花儿，而且经常有些很小的小鸟，钻进那朱红的小“象牙”里，如蜂采蜜。真美！只要一有空儿，我便坐在阶前，看那些花与小鸟。在家里，我也有一棵象牙红，可是高不及三尺，而且是种在盆子里。它入秋即放假休息，入冬便睡大觉，且久久不醒，直到端阳左右，它才开几朵先天不足的小花，绝对没有那种秀气的小鸟作伴！现在，它正在屋角打盹，也许跟我一样，正想念它的故乡广东吧？

春天到来，我的花草还是不易安排：早些移出去吧，怕风霜侵犯；不搬出去吧，又都发出细条嫩叶，很不健康。这种细条子不会长出花来。看着真令人焦心！

好容易盼到夏天，花盆都运至院中，可还不完全顺利。院小，不透风，许多花儿便生了病。特别由南方来的那些，如白玉兰、栀子、茉莉、小金桔、茶花……也不怎么就叶落枝枯，悄悄死去。因此，我打定主意，在买来这些比较娇贵的花儿之时，就认为它们不能长寿，尽到我的心，而又不作幻想，以免枯死的时候落泪伤神。同时，也多种些叫它死也不肯死的花草，如夹竹桃之类，以期老有些花儿看。

夏天，北京的阳光过暴，而且不下雨则已，一下就是倾盆倒海而来，势不可挡，也不利于花草的生长。

秋天较好。可是忽然一阵冷风，无法预防，娇嫩些的花儿就受了重伤。于是，全家动员，七手八脚，往屋里搬呀！各屋里都挤满了花盆，人们出来进去都须留神，以免绊倒！

真羡慕广州的朋友们，院里院外，四季有花，而且是多么出色的花呀！白玉兰高达数丈，干子比我的腰还粗！英雄气概的木棉，昂首天外，开满大红花，何等气势！就连普通的花儿，四季海棠与绣球什么的，也特别壮实，叶茂花繁，花小而气魄不小！看，在冬天，窗外还有结实累累的木瓜呀！真没法儿比！一想起花木，也就更想念朋友们！朋友们，快作几首诗来吧，你们的环境是充满了诗意的呀！

春节到了，朋友们，祝你们花好月圆人长寿，新春愉快，工作顺利！

五月的青岛

因为青岛的节气晚，所以樱花照例是在四月下旬才能盛开。樱花一开,青岛的风雾也挡不住草木的生长了。海棠，丁香，桃，梨，苹果，藤萝，杜鹃，都争着开放，墙角路边也都有了嫩绿的叶儿。五月的岛上，到处花香，一清早便听见卖花声。公园里自然无须说了，小蝴蝶花与桂竹香们都在绿草地上用它们的娇艳的颜色结成十字，或绣成几团；那短短的绿树篱上也开着一层白花，似绿枝上挂了一层春雪。就是路上两旁的人家也少不得有些花草：围墙既矮，藤萝往往顺着墙把花穗儿悬在院外，散出一街的香气：那双樱，丁香，都能在墙外看到，双樱的明艳与丁香的素丽，真是足以使人眼明神爽。

山上有了绿色，嫩绿，所以把松柏们比得发黑了一些。谷中不但填满了绿色，而且颇有些野花，有一种似紫荆而色儿略略发蓝的，折来很好插瓶。

青岛的人怎能忘下海呢。不过，说也奇怪，五月的海就仿佛特别的绿，特别的可爱，也许是因为人们心里痛快吧？看一眼路旁的绿叶，再看一眼海，真的，这才明白了什么叫作“春深似海”。绿，鲜绿，浅绿，深绿，黄绿，灰绿，各种的绿色，联接着，交错着，变化着，波动着，一直绿到天边，绿到山脚，绿到渔帆的外边去。风不凉，浪不高，船缓缓的走，燕低低的飞，街上的花香与海上的咸味混到一处，浪漾在空中，水在面前，而绿意无限，可不是，春深似海！欢喜，要狂歌，要跳入水中去，可是只能默默无言，心好像飞到天边上那将将能看到的小岛上去，一闭眼仿佛还看见一些桃花。人面桃花相映红，必定是在那小岛上。

这时候，遇上风与雾便还须穿上棉衣，可是有一天忽然响晴，夹衣就正合适。但无论怎说吧，人们反正都放了心——不会大冷了，不会。妇女们最先知道这个，早早的就穿出利落的新装，而且决定不再脱下去。海岸上，微风吹动少女们的发与衣，何必再去到电影园中找那有画意的景儿呢！这里是初春浅夏的合响，风里带着春寒，而花草山水又似初夏，意在春而景如夏，姑娘们总先走一步，迎上前去，跟花们竞争一下，女性的伟大几乎不是颓废诗人所能明白的。

人似乎随着花草都复活了，学生们特别的忙：换制服，开运动会，到崂山丹山旅行，服劳役。本地的学生忙，别处的学生也来参观，几个，几十，几百，打着旗子来了，又成着队走开，男的，女的，先生，学生，都累得满头是汗，而仍不住的向那大海丢眼。学生以外，该数小孩最快活，笨重的衣服脱去，可以到公园跑跑了；一冬天不见猴子了，现在又带着花生去喂猴子，看鹿。拾花瓣，在草地上打滚；妈妈说了，过几天还有大红樱桃吃呢！

马车都新油饰过，马虽依然清瘦，而车辆体面了许多，好作一夏天的买卖呀。新油过的马车穿过街心，那专作夏天的生意的咖啡馆，酒馆，旅社，饮冰室，也找来油漆匠，扫去灰尘，油饰一新。油漆匠在交手上忙，路旁也增多了由各处来的舞女。预备呀，忙碌呀，都红着眼等着那避暑的外国战舰与各处的阔人。多咱浴场上有了人影与小艇，生意便比花草还茂盛呀。到那时候，青岛几乎不属于青岛的人了，谁的钱多谁更威风，汽车的眼是不会看山水的。

那么，且让我们自己尽量的欣赏五月的青岛吧！

在 成 都

成都的确有点像北平：街平，房老，人从容。

只在成都歇了五夜，白天忙着办事，夜晚必须早睡，简直可以说没看见什么。坐车子从街上过，见到街平，房老，人从容；久闻人言，成都像北平，遂亦相信；有无差别，则不敢说，知道的太少了。

学校只到了华西大学，四川大学，及华美女中。华大地旷，不如济南齐鲁大学之宽而不散。川大则在晚间去的，只觉静寂可喜，宜于读书，未见其他。华美女中亦系晚间去讲演，只见到略清洁严肃，未暇参观一切设备也。

名胜仅到武侯祠与望江楼。祠中的树好，园中的竹好。论建筑与气势，远不及北平的寺庙与公园。

街上茶馆很多，可惜无暇去坐坐。身上痒，故不能不入一浴室；浴室相当的干净，但远不及平津两地的宽敞暖和；招待更差，小伙计相骂不完，惜未听清为了何事，无从记下。

成都有许多有名的小食店，此以汤圆，彼以水饺，业专史远，各有美誉。因为事忙，一家也没去照顾；只吃了一次“不醉无归小酒家”，酒饭都好，而且不贵。假若别的比不上北平，吃食之精美与价廉则胜过之。

最使我喜欢的，是街上卖鲜花的，又多又好又便宜。红的茶花，黄的腊梅，白的水仙，配以金桔梅花，真使我看呆了。

有机会，必还到成都看看；那里一定还有许多可爱的东西与地方。希望成都人在抗战中，能更紧张一些，把人力财力尽量的拿出来，作为后方都市的模范；只是街平，房老，人从容，是没有多大用处的。北平的陷落，恐怕就是吃了“从容”的亏；成都，不要再以此自傲吧。

吊 济 南

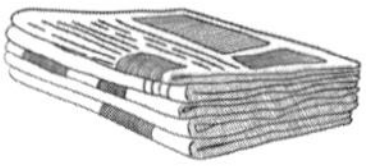

从民国十九年七月到二十三年秋初，我整整的在济南住过四载。在那里，我有了第一个小孩，即起名为“济”。在那里，我交下不少的朋友：无论什么时候我从那里过，总有人笑脸地招呼我；无论我到何处去，那里总有人惦念着我。在那里，我写成了《大明湖》,《猫城记》,《离婚》,《牛天赐传》，和收存在《赶集》里的那十几个短篇。在那里，我努力地创作，快活地休息……四年虽短，但是一气住下来，于是事与事的联系，人与人的交往，快乐与悲苦的代换，便显明地在这一生里自成一段落，深深地印划在心中；时短情长，济南就成了我的第二故乡。

它介乎北平与青岛之间。北平是我的故乡，可是这七年来,我不是住济南,便是住青岛。在济南住呢,时常想念北平;及至到了北平的老家,便又不放心济南的新家。好在道路不远,来来往往,两地都有亲爱的人,熟识的地方;它们都使我依依不舍,几乎分不出谁重谁轻。在青岛住呢,无论是由青去平,还是自平返青,中途总得经过济南。车到那里,不由的我便要停留一两天。趵突泉,大明湖,千佛山等名胜,闭了眼也会想出来,可是重游一番总是高兴的:每一角落,似乎都存着一些生命的痕迹;每一小小的变迁,都引起一些感触;就是一风一雨也仿佛含着无限的情意似的。

讲富丽堂皇,济南远不及北平;讲山海之胜,它也跟不上青岛。可是除了北平青岛,要在华北找个有山有水,交通方便,既不十分闭塞,而生活程度又不过高的城市,恐怕就得属济南了。况且,它虽是个大都市,可是还能看到朴素的乡民,一群群的来此卖货或买东西,不像上海与汉口那样完全洋化。它似乎真是稳立在中国的文化上,城墙并不足拦阻住城与乡的交往;以善作洋奴自夸的人物与神情,在这里是不易找到的。这使人心里觉得舒服一些。一个不以跳舞开香槟为理想的生活的人,到了这里自自然然会感到一些平淡而可爱的滋味。

济南的美丽来自天然,山在城南,湖在城北。湖山而外,还有七十二泉，泉水成溪，穿城绕郭。可惜这样的天然美景，和那座城市结合到一处，不但没得到人工的帮助而相得益彰，反因市政的敷衍而淹没了丽质。大路上灰尘飞扬，小巷里污秽杂乱，虽然天色是那么清明，泉水是那么方便，可是到处老使人觉得憋得慌。近来虽修成几条柏油路，也仍旧显不出怎么整洁来。至于那些名胜，趵突泉左右前后的建筑破烂不堪，大明湖的湖面已化作水田，而只剩下几道水沟。有人说，这种种的败陋，并非因为当局不肯努力建设，而是因为他们爱民如子，不肯把老百姓的钱都花费在美化城市上。假若这是可靠的话，我们便应当看见老百姓的钱另有出路，在国防与民生上有所建设。这个，我们却没有看见。这笔账该当怎么算呢？况且，我们所要求的并不是高楼大厦，池园庭馆，而是城市应有的卫生与便利。假若在城市卫生上有相当的设施，到处注意秩序与清洁，这座城既有现成的山水取胜，自然就会美如图画，用不着浪费人工财力。

这倒并非专为山水喊冤，而是借以说明许多别的事。济南的多少事情都与此相似，本来可以略加调整便有可观。可是事实上竟自废弛委弃，以至一切的事物上都罩着一层灰土。这层灰土下蠕蠕微动着一群可好可坏的人，隐覆着一些似有若无的事；不死不生，一切灰色。此处没有崭新的东西，也没有彻底旧的东西，本来可以令人爱护，可是又使人无法不伤心。什么事都在动作，什么可也没照着一定的计划作成。无所拒绝，也不甘心接受，不易见到有何主张的人，可也不易见到很讨厌的人，大家都那么和气一团，敷敷衍衍，不易捉摸，也没什么大了不起。有电灯而无光，有马路而拥挤不堪，什么都有，什么也都没有，恰似暮色微茫，灰灰的一片。

按理说，这层灰色是不应当存到今日的，因为五卅惨案的血还鲜红的在马路上，城根下，假若有记性的人会闭目想一会儿。我初到济南那年，那被敌人击破的城楼还挂着“勿忘国耻”的破布条在那儿含羞的立着。不久，城楼拆去，国耻布条也被撤去，同被忘掉。拆去城楼本无不可，但是别无建设或者就是表示着忘去烦恼最为简便；结果呢，敌人今日就又在那里唱凯歌了。

在我写《大明湖》的时候，就写过一段：在千佛山上北望济南全城，城河带柳，远水生烟，鹊华对立，夹卫大河，是何等气象。可是市声隐隐，尘雾微茫，房贴着房，巷联着巷，全城笼罩在灰色之中。敌人已经在山头设过重炮，轰过几昼夜了，以后还可以随时地重演一次；第一次的炮火既没能打破那灰色的大梦，那么总会有一天全城化为灰烬，冲天的红焰赶走了灰色，烧完了梦中人灰色的城，灰色的人，一切是统制，也就是因循，自己不干，不会干，而反倒把要干与会干的人的手捆起来；这是死城！此书的原稿已在上海随着“一·二八”的毒火殉了难,不过这一段的大意还没有忘掉，因为每次由市里到山上去，总会把市内所见的灰色景象带在心中，而后登高一望，自然会起了忧思。湖山是多么美呢，却始终被灰色笼罩着，谁能不由爱而畏，由失望而颤抖呢？

再说，破碎的城楼可以拆去，而敌人并未曾退出；眼不见心不烦，可是小鬼们就在眼前，怎能疏忽过去，视而不见呢？敌人的医院，公司，铺户，旅馆，分散在商埠各处。哪一个买卖也带“白面”，即使不是专售，也多少要预备一些,余利作为妇女与孩子们的零钱。大批的劣货垄断着市场，零整批发的吗啡白面毒化着市民，此外还不时的暗放传染病的毒菌，甚至于把他们国内穿残的破裤烂袄也整船的运来销卖。这够多么可怕呢？可是我们有目无睹，仍自逍遥自在;等因奉此是唯一的公事，奉命唯谨落个好官，我自为之，别无可虑。人家以经济吸尽我们的血，我们只会加捐添税再抽断老百姓的筋。对外讲亲善，故无抵制；对内讲爱民，而以大家不出声为感戴。敌人的炮火是厉害的，敌人的经济侵略是毒辣的，可是我们的捆束百姓的政策就更可怕。济南是久已死去，美丽的湖山只好默然蒙羞了！

平日对敌人的经济侵略不加防范，还可以用有心无力或事关全国为词。及至敌军已深入河北，而大家依旧安闲自在，就太可怪了。山东的富力为华北各省之冠，人民既善于经营，又强壮耐苦。有这样的财力与人力，假若稍有准备，即使不能把全省防御得如铜墙铁壁，至少也得教敌人吃很大的苦头，方能攻入。可是，济南是省会，既系灰色，别处就更无可说的了。济南为全省的脑府，而实际上只是空空的一个壳儿，并无脑子。这个空壳子响一响便是政治，四面低低的回应便算办了事情。计划、科学、文化、人才，都是些可疑的名词，因为它们不是那空壳子所能了解的。反之，随便响一响，从心所欲正好见出权威。济南是必须死的，而且必不可免的累及全省。

这里一点无意去攻击任何人；追悔不如更新，我们且揭过这一页去吧。灰色的济南，可爱的济南，已被敌人的炮火打碎。可是湖山难改，我们且去用血把它刷新，重建个美丽庄严的新都市。别矣济南！那是一场恶梦！再会面时，你将是清醒的合理的，以人民的力量筑成，而归人民享用的。我将看到那城河更多一些绿柳，柳荫下有白石的小凳，任人休息。我将看见破旧的城墙变为宽坦的马路，把乡郊与城市打成一家；在城里可望见南山的果林，在乡间可以知道城内的消息。我将看到大明湖还田为湖，有十顷白莲。我将看见趵突泉改为浴场，游泳着健壮的青年男女。我将看见马鞍山前后有千百烟囱，用着博山的煤，把胶东的烟叶制成金丝，鲁北的棉花织成细布，泰山的樱桃，莱阳的梨，肥城的蜜桃，制成精美的罐头；烟台的葡萄与苹果酿成美酒，供给全国的同胞享用。还有那已具雏型的造钟制钢，玻璃磁器，绵绸花边，酒精发网等等工业，都能合理的改进发展，富国裕民。我希望济南成为全省真正的脑府，用多少条公路，几条河流，和火车电话，把它的智慧热诚的清醒的串送到东海之滨与泰山之麓。挣扎吧，济南！失去一城，无关于最后的胜负。今日之泪是悔认昨日之非；有此觉悟，便能打好明日的主意。济南，今日之死是脱胎换骨，取得新的生命；那明湖上的新蒲绿柳自会有我们重来欣赏啊！

第三辑

心间暖阳

我的母亲

母亲的娘家是在北平德胜门外，土城儿外边，通大钟寺的大路上的一个小村里。村里一共有四五家人家,都姓马。大家都种点不十分肥美的地，但是与我同辈的兄弟们，也有当兵的，作木匠的，作泥水匠的，和当巡警的。他们虽然是农家，却养不起牛马，人手不够的时候，妇女便也须下地作活。

对于姥姥家，我只知道上述的一点。外公外婆是什么样子，我就不知道了，因为他们早已去世。至于更远的族系与家史，就更不晓得了；穷人只能顾眼前的衣食，没有功夫谈论什么过去的光荣；“家谱”这字眼，我在幼年就根本没有听说过。

母亲生在农家，所以勤俭诚实，身体也好。这一点事实却极重要，因为假若我没有这样的一位母亲，我之为我恐怕也就要大大的打个折扣了。

母亲出嫁大概是很早，因为我的大姐现在已是六十多岁的老太婆，而我的大甥女还长我一岁啊。我有三个哥哥，四个姐姐，但能长大成人的，只有大姐，二姐，三姐，三哥与我。我是“老”儿子。生我的时候,母亲已有四十一岁，大姐二姐已都出了阁。

由大姐与二姐所嫁入的家庭来推断，在我生下之前，我的家里，大概还马马虎虎的过得去。那时候定婚讲究门当户对，而大姐丈是作小官的，二姐丈也开过一间酒馆，他们都是相当体面的人。

可是，我，我给家庭带来了不幸：我生下来，母亲晕过去半夜，才睁眼看见她的老儿子——感谢大姐，把我揣在怀中，致未冻死。

一岁半，我把父亲“克”死了。

兄不到十岁，三姐十二三岁，我才一岁半，全仗母亲独力抚养了。父亲的寡姐跟我们一块儿住，她吸鸦片，她喜摸纸牌，她的脾气极坏。为我们的衣食，母亲要给人家洗衣服，缝补或裁缝衣裳。在我的记忆中,她的手终年是鲜红微肿的。

白天，她洗衣服，洗一两大绿瓦盆。她作事永远丝毫也不敷衍，就是屠户们送来的黑如铁的布袜，她也给洗得雪白。晚间，她与三姐抱着一盏油灯，还要缝补衣服，一直到半夜。她终年没有休息，可是在忙碌中她还把院子屋中收拾得清清爽爽。桌椅都是旧的，柜门的铜活久已残缺不全，可是她的手老使破桌面上没有尘土，残破的铜活发着光。院中，父亲遗留下的几盆石榴与夹竹桃，永远会得到应有的浇灌与爱护，年年夏天开许多花。

哥哥似乎没有同我玩耍过。有时候，他去读书；有时候，他去学徒；有时候，他也去卖花生或樱桃之类的小东西。母亲含着泪把他送走，不到两天，又含着泪接他回来。我不明白这都是什么事，而只觉得与他很生疏。与母亲相依为命的是我与三姐。因此，他们作事，我老在后面跟着。他们浇花，我也张罗着取水；他们扫地，我就撮土……从这里，我学得了爱花，爱清洁，守秩序。这些习惯至今还被我保存着。

有客人来，无论手中怎么窘，母亲也要设法弄一点东西去款待。舅父与表哥们往往是自己掏钱买酒肉食，这使她脸上羞得飞红，可是殷勤的给他们温酒作面，又给她一些喜悦。遇上亲友家中有喜丧事，母亲必把大褂洗得干干净净，亲自去贺吊——份礼也许只是两吊小钱。到如今为我的好客的习性，还未全改，尽管生活是这么清苦，因为自幼儿看惯了的事情是不易改掉的。

姑母常闹脾气。她单在鸡蛋里找骨头。她是我家中的阎王。直到我入了中学，她才死去，我可是没有看见母亲反抗过。“没受过婆婆的气，还不受大姑子的吗？命当如此！”母亲在非解释一下不足以平服别人的时候,才这样说。是的，命当如此。母亲活到老，穷到老，辛苦到老，全是命当如此。她最会吃亏。给亲友邻居帮忙，她总跑在前面：她会给婴儿洗三——穷朋友们可以因此少花一笔“请姥姥”钱——她会刮痧，她会给孩子们剃头，她会给少妇们绞脸……凡是她能作的，都有求必应。但是吵嘴打架，永远没有她。她宁吃亏，不逗气。当姑母死去的时候，母亲似乎把一世的委屈都哭了出来，一直哭到坟地。不知道哪里来的一位侄子，声称有承继权，母亲便一声不响，教他搬走那些破桌子烂板凳，而且把姑母养的一只肥母鸡也送给他。

可是,母亲并不软弱。父亲死在庚子闹“拳”的那一年。联军入城，挨家搜索财物鸡鸭，我们被搜两次。母亲拉着哥哥与三姐坐在墙根,等着“鬼子”进门,街门是开着的。“鬼子”进门,一刺刀先把老黄狗刺死,而后入室搜索。他们走后，母亲把破衣箱搬起，才发现了我。假若箱子不空，我早就被压死了。皇上跑了，丈夫死了，鬼子来了，满城是血光火焰，可是母亲不怕，她要在刺刀下，饥荒中，保护着儿女。北平有多少变乱啊，有时候兵变了，街市整条的烧起，火团落在我们院中。有时候内战了，城门紧闭，铺店关门，昼夜响着枪炮。这惊恐，这紧张，再加上一家饮食的筹划，儿女安全的顾虑，岂是一个软弱的老寡妇所能受得起的？可是，在这种时候，母亲的心横起来，她不慌不哭，要从无办法中想出办法来。她的泪会往心中落！这点软而硬的性格，也传给了我。我对一切人与事，都取和平的态度，把吃亏看作当然的。但是，在作人上，我有一定的宗旨与基本的法则，什么事都可将就，而不能超过自己画好的界限。我怕见生人，怕办杂事，怕出头露面；但是到了非我去不可的时候，我便不敢不去，正像我的母亲。从私塾到小学，到中学，我经历过起码有二十位教师吧，其中有给我很大影响的，也有毫无影响的，但是我的真正的教师，把性格传给我的，是我的母亲。母亲并不识字，她给我的是生命的教育。

当我在小学毕了业的时候，亲友一致的愿意我去学手艺，好帮助母亲。我晓得我应当去找饭吃，以减轻母亲的勤劳困苦。可是，我也愿意升学。我偷偷的考入了师范学校——制服，饭食，书籍，宿处，都由学校供给。只有这样，我才敢对母亲说升学的话。入学，要交十圆的保证金。这是一笔巨款！母亲作了半个月的难，把这巨款筹到，而后含泪把我送出门去。她不辞劳苦，只要儿子有出息。当我由师范毕业，而被派为小学校校长，母亲与我都一夜不曾合眼。我只说了句："以后，您可以歇一歇了！"她的回答只有一串串的眼泪。我入学之后，三姐结了婚。母亲对儿女是都一样疼爱的，但是假若她也有点偏爱的话，她应当偏爱三姐，因为自父亲死后，家中一切的事情都是母亲和三姐共同撑持的。三姐是母亲的右手。但是母亲知道这右手必须割去，她不能为自己的便利而耽误了女儿的青春。当花轿来到我们的破门外的时候，母亲的手就和冰一样的凉，脸上没有血色——那是阴历四月，天气很暖。大家都怕她晕过去。可是，她挣扎着，咬着嘴唇，手扶着门框，看花轿徐徐的走去。不久，姑母死了。三姐已出嫁，哥哥不在家，我又住学校，家中只剩母亲自己。她还须自晓至晚地操作，可是终日没人和她说一句话。新年到了，正赶上政府倡用阳历，不许过旧年。除夕，我请了两小时的假，由拥挤不堪的街市回到清炉冷灶的家中。母亲笑了。及至听说我还须回校，她愣住了。半天，她才叹出一口气来。到我该走的时候，她递给我一些花生，"去吧，小子！"街上是那么热闹，我却什么也没看见，泪遮迷了我的眼。今天，泪又遮住了我的眼，又想起当日孤独的过那凄惨的除夕的慈母。可是慈母不会再候盼着我了，她已入了土！

儿女的生命是不依顺着父母所设下的轨道一直前进的，所以老人总免不了伤心。我二十三岁，母亲要我结了婚，我不要。我请来三姐给我说情，老母含泪点了头。我爱母亲，但是我给了她最大的打击。时代使我成为逆子。二十七岁，我上了英国。为了自己，我给六十多岁的老母以第二次打击。在她七十大寿的那一天，我还远在异域。那天，据姐姐们后来告诉我，老太太只喝了两口酒，很早的便睡下。她想念她的幼子，而不便说出来。

“七七”抗战后，我由济南逃出来。北平又像庚子那年似的被鬼子占据了。可是母亲日夜惦念的幼子却跑西南来。母亲怎样想念我，我可以想象得到，可是我不能回去。每逢接到家信，我总不敢马上拆看，我怕，怕，怕，怕有那不祥的消息。人，即使活到八九十岁，有母亲便可以多少还有点孩子气。失了慈母便像花插在瓶子里，虽然还有色有香，却失去了根。有母亲的人，心里是安定的。我怕，怕，怕家信中带来不好的消息，告诉我已是失了根的花草。

去年一年，我在家信中找不到关于老母的起居情况。我疑虑，害怕。我想像得到，如有不幸，家中念我流亡孤苦，或不忍相告。母亲的生日是在九月，我在八月半写去祝寿的信，算计着会在寿日之前到达。信中嘱咐千万把寿日的详情写来，使我不再疑虑。十二月二十六日，由文化劳军的大会上回来，我接到家信。我不敢拆读，就寝前，我拆开信，母亲已去世一年了！

生命是母亲给我的。我之能长大成人，是母亲的血汗灌养的。我之能成为一个不十分坏的人，是母亲感化的。我的性格，习惯，是母亲传给的。她一世未曾享过一天福，临死还吃的是粗粮。唉！还说什么呢？心痛！心痛！

宗月大师

在我小的时候，我因家贫而身体很弱。我九岁才入学。因家贫体弱，母亲有时候想教我去上学，又怕我受人家的欺侮，更怕交不上学费，所以一直到九岁我还不识一个字。说不定，我会一辈子也得不到读书的机会。因为母亲虽然知道读书的重要，可是每月间三四吊钱的学费，实在让她为难。母亲是最喜脸面的人。她迟疑不决，光阴又不等待着任何人，荒来荒去，我也许就长到十多岁了。一个十多岁的贫而不识字的孩子，很自然的是去作个小买卖——弄个小筐，卖些花生，煮豌豆，或樱桃什么的。要不然就是去学徒。母亲很爱我，但是假若我能去作学徒，或提篮沿街卖樱桃而每天赚几百钱，她或者就不会坚决的反对。穷困比爱心更有力量。

有一天刘大叔偶然的来了。我说“偶然的”，因为他不常来看我们。他是个极富的人，尽管他心中并无贫富之别，可是他的财富使他终日不得闲，几乎没有工夫来看穷朋友。一进门，他看见了我。“孩子几岁了？上学没有？”他问我的母亲。他的声音是那么洪亮（在酒后，他常以学喊俞振庭的《金钱豹》自傲），他的衣服是那么华丽，他的眼是那么亮，他的脸和手是那么白嫩肥胖，使我感到我大概是犯了什么罪。我们的小屋，破桌凳，土炕，几乎禁不住他的声音的震动。等我母亲回答完，刘大叔马上决定：“明天早上我来，带他上学，学钱，书籍，大姐你都不必管！”我的心跳起多高，谁知道上学是怎么一回事呢！

第二天，我像一条不体面的小狗似的，随着这位阔人去入学。学校是一家改良私塾，在离我的家有半里多地的一座道士庙里。庙不甚大，而充满了各种气味：一进山门先有一股大烟味，紧跟着便是糖精味（有一家熬制糖球糖块的作坊），再往里，是厕所味，与别的臭味。学校是在大殿里。大殿两旁的小屋住着道士，和道士的家眷。大殿里很黑，很冷。神像都用黄布挡着，供桌上摆着孔圣人的牌位。学生都面朝西坐着，一共有三十来人。西墙上有一块黑板——这是“改良”私塾。老师姓李，一位极死板而极有爱心的中年人。刘大叔和李老师“嚷”了一顿，而后教我拜圣人及老师。老师给了我一本《地球韵言》和一本《三字经》。我于是，就变成了学生。

自从作了学生以后，我时常的到刘大叔的家中去。他的宅子有两个大院子，院中几十间房屋都是出廊的。院后，还有一座相当大的花园。宅子的左右前后全是他的房屋，若是把那些房子齐齐的排起来，可以占半条大街。此外，他还有几处铺店。每逢我去，他必招呼我吃饭，或给我一些我没有看见过的点心。他绝不以我为一个苦孩子而冷淡我，他是阔大爷，但是他不以富傲人。

在我由私塾转入公立学校去的时候，刘大叔又来帮忙。这时候，他的财产已大半出了手。他是阔大爷，他只懂得花钱，而不知道计算。人们吃他，他甘心教他们吃；人们骗他，他付之一笑。他的财产有一部分是卖掉的，也有一部分是被人骗了去的。他不管；他的笑声照旧是洪亮的。

到我在中学毕业的时候，他已一贫如洗，什么财产也没有了，只剩下那个后花园。不过，在这个时候，假若他肯用用心思，去调整他的产业，他还能有办法教自己丰衣足食，因为他的好多财产是被人家骗了去的。可是，他不肯去请律师。贫与富在他心中是完全一样的。假若在这时候，他要是不再随便花钱，他至少可以保住那座花园，和城外的地产。可是，他好善。尽管他自己的儿女受着饥寒，尽管他自己受尽折磨，他还是去办贫儿学校，粥厂，等等慈善事业。他忘了自己。就是在这个时候，我和他过往的最密。他办贫儿学校，我去作义务教师。他施舍粮米，我去帮忙调查及散放。在我的心里，我很明白：放粮放钱不过只足延长贫民的受苦难的日期,而不足以阻拦住死亡。但是，看刘大叔那么热心，那么真诚，我就顾不得和他辩论，而只好也出点力了。即使我和他辩论，我也不会得胜，人情是往往能战败理智的。

在我出国以前，刘大叔的儿子死了。而后，他的花园也出了手。他入庙为僧，夫人与小姐入庵为尼。由他的性格来说，他似乎势必走入避世学禅的一途。但是由他的生活习惯上来说，大家总以为他不过能念念经，布施布施僧道而已，而绝对不会受戒出家。他居然出了家。在以前，他吃的是山珍海味，穿的是绫罗绸缎。现在，他每日一餐，入秋还穿着件夏布道袍。这样苦修，他的脸上还是红红的，笑声还是洪亮的。对佛学，他有多么深的认识，我不敢说。我却真知道他是个好和尚，他知道一点便去作一点，能作一点便作一点。他的学问也许不高，但是他所知道的都能见诸实行。

出家以后，他不久就作了一座大寺的方丈。可是没有好久就被驱除出来。他是要做真和尚，所以他不惜变卖庙产去救济苦人。庙里不要这种方丈。一般的说，方丈的责任是要扩充庙产，而不是救苦救难的。离开大寺，他到一座没有任何产业的庙里作方丈。他自己既没有钱，他还须天天为僧众们找到斋吃。同时，他还举办粥厂等等慈善事业。他穷，他忙，他每日只进一顿简单的素餐，可是他的笑声还是那么洪亮。他的庙里不应佛事，赶到有人来请，他便领着僧众给人家去唪真经，不要报酬。他整天不在庙里，但是他并没忘了修持；他持戒越来越严，对经义也深有所获。他白天在各处筹钱办事，晚间在小室里作工夫。谁见到这位破和尚也不会想到他曾是个在金子里长起来的阔大爷。

去年，有一天他正给一位圆寂了的和尚念经，他忽然闭上了眼，就坐化了。火葬后，人们在他的身上发现许多舍利。

没有他，我也许一辈子也不会入学读书。没有他，我也许永远想不起帮助别人有什么乐趣与意义。他是不是真的成了佛？我不知道。但是，我的确相信他的居心与言行是与佛极相近似的。我在精神上物质上都受过他的好处，现在我的确愿意他真的成了佛，并且盼望他以佛心引领我向善，正像在三十五年前，他拉着我去入私塾那样！

他是宗月大师。

大地的女儿

我与史沫特莱初次会面是在一九四六年九月里，以前，闻名而不曾见过面。

见面的地点是雅斗（XADDO）。雅斗是美国纽约省的一所大花园，有一万多亩地。园内有松林、小湖、玫瑰圃、楼馆，与散在松荫下的单间书房。此园原为私产。园主是财主，而喜艺术。他死后，继承人们组织了委员会，把园子作为招待艺术家来创作的地方。这是由一九二六年开始的，到现在已招待过五百多位艺术家。招待期间，客人食宿由园中供给。

园林极美，地方幽静。这的确是安心创作的好地点。当我被约去住一个月的时候，史沫特莱正在那里撰写朱德总司令传。

客人们吃过早饭，即到林荫中的小书房去工作。游园的人们不得到书房附近来，客人们也不得凑到一处聊天。下午四点，工作停止，客人们才到一处，或打球，或散步，或划船。晚饭后，大家在一处或闲谈，或下棋，或跳舞，或喝一点酒。这样，一个月里，我差不多每天晚间都能见到史沫特莱。

她最初给我的印象是：这是个烈性的女人。及至稍熟识了一点，才知道她是路见不平，拔刀相助，如烈性男儿，可又善于体贴，肯服侍人，像个婆婆妈妈的中年妇人。赶到读了她的自传，《大地的女儿》，我更明白了她是既敢冲破一切网罗束缚的战士，又是个多情的女子。因此，她非常的可爱，她在工作之暇，总是挑头儿去跳舞、下棋，或喝两杯酒。这些小娱乐与交际，使大家都愿意接近她；她既不摆架子，又不装腔作势。她真纯。她有许多印度亲戚与朋友。赶到他们来到，她就按着东方的习俗招待他们，拿出所有的钱给他们花，把自己的床让给他们睡，还给他们洗衣服、做饭。她并不因为自己思想前进，而忽略了按照着老办法招呼亲友。

虽然如此，她却无时无地不给当时的中国的解放区与苏联作宣传。在作这种宣传的时候，她还是针对着对象，适当的发言，不犯急性病。比如，有两次她到新从战场上退役的士兵里去活动，教他们不要追随着老退伍军人作反动的事情，她就约我同去，先请我陈诉蒋介石政权是多么腐烂横暴，而后她自己顺着我的话再加以说明。她并不一下子就说中国的解放区怎么好——那会教文化不高的士兵害怕，容易误认为她要劝他们加入共产党。同样的，她与一位住在雅斗的英国作家讨论世界大势的时候，她也留着神，不一下子就赶尽杀绝。那位英国作家参加过西班牙内战，痛恨法西斯主义。可是，正和许多别的英国文化人一样，他一方面反法西斯，却一方面又为英国工党政府的反动政策作辩护，反对苏联。史沫特莱有心眼，知道自己要是一个劲的说苏联好，必会劳而无功，或者弄得双方面红耳赤，下不来台。她总先提：苏联的建设是全世界的一个新理想，新试验，他就是人类的光明。因此，我们不能只就某一件事去批评苏联，而须高瞻远瞩的为苏联着想，为全人类的光明远景着想。我们若是依据着别人的话语去指摘苏联，便会减低了我们的理想，遮住了人类的光明。这种苦口婆心的，识大体的规劝，对于可左可右的知识分子是大有说服力量的。

可是，她并不老婆婆妈妈。当她看到不平的事情，她会马上冒火，准备开打。有一次，我们到市里去吃饭（雅斗园距市里有二英里，可以慢慢走去），看见邻桌坐着一男一女两位黑人。坐了二十多分钟，没有人招呼他们。女的极感不安，想要走出去，男的不肯。史沫特莱过去把他们让到我们桌上来，同时叫过跑堂的质问为什么不伺候黑人。那天，有某进步的工会正在市里开年会，她准备好，假若跑堂的出口不逊，她会马上去找开会的工人代表们，来兴师问罪。幸而，跑堂的见她声色俱厉，在她面前低了头；否则，那天会出些事故的。

后来，她来过纽约，为控诉麦克阿瑟。可惜，我没有见着她。据说：麦克阿瑟说她是红侦探，所以她一怒来到纽约起诉。她一点也没看起占据日本的加料天皇。

也因为她，雅斗后来遭受检查与检举，说那里窝藏危险人物，传播危险思想。雅斗招待过不少前进的艺术家，不过史沫特莱是最招眼毒的。

在雅斗的时候，我跟她谈到那时候国内文艺作家的贫困。她马上教我起草一封信，由她打出多少份，由她寄给美国的前进作家们。结果,我收到了大家的献金一千四百多元，存入银行。我没法子汇寄美金，又由她写信给一位住在上海的友人，教她把美金交给那时候的“文协”负责人。她的热心、肯受累、肯负责，令人感动、感激。

从她的精力来看，她不像个早死的人。她的死是与美国在第二次大战后，日甚一日的走向法西斯化，大有关系。单是这个恶劣倾向，已足使许多开明的知识分子感到痛苦，而史沫特莱恰好又是身受其害的人，就不能不悲愤抑郁，以至伤害了她的健康。我不大知道她临死时的情况，但是我的确知道这几年中，美国人被压迫病了的、疯了的、自杀了的，也不在少数。

在她去世以前，我知道，她曾有机会到印度去。可是她告诉我：要走，我就再到中国去！

美国政府不允许她再到中国来，她只能留下遗嘱把尸身埋葬在她所热爱的中国去。她临死还向那要侵略中国的美国战争贩子，与诬蔑新中国的政客财阀们抗议——她的骨头要埋在中国的土地里。她是中国人民的真朋友。

在她的心里，没有国籍的种族的宗教的成见。她热爱世界上所有的劳苦大众，她自己就是劳苦出身。她受过劳苦人民所受的压迫、饥寒、折磨，所以哪里有劳苦人民的革命，她就往哪里去。她认识中国人，同情中国人，热爱中国人，死了还把尸骨托付给中国人，因为她认识了中国的革命是人民的革命。安眠吧，大地的女儿，你现在是睡在人民革命胜利了的土地中！

四 位 先 生

吴组缃先生的猪

从青木关到歌乐山一带，在我所认识的文友中要算吴组缃先生为最阔绰。他养着一口小花猪。据说，这小动物的身价，值六百元！

每次我去访组缃先生，必附带的向小花猪致敬，因为我与组缃先生核计过了：假若他与我共同登广告卖身，大概也不会有人出六百元来买！

有一天，我又到吴宅去。给小江——组缃先生的少爷——买了几个比醋还酸的桃子。拿着点东西，好搭讪着骗顿饭吃，否则就太不好意思了。一进门，我看见吴太太的脸比晚日还红。我心里一想，便想到了小花猪。假若小花猪丢了，或是出了别的毛病，组缃先生的阔绰便马上不存在了！一打听，果然是为了小花猪:它已绝食一天了。我很着急，急中生智，主张给它点奎宁吃,恐怕是打摆子。大家都不赞同我的主张。我又建议把它抱到床上盖上被子睡一觉，出点汗也许就好了；焉知道不是感冒呢？这年月的猪比人还娇贵呀！大家还是不赞成。后来，把猪医生请来了。我颇兴奋，要看看猪怎么吃药。猪医生把一些草药包在竹筒的大厚皮儿里，使小花猪横衔着，两头儿向后束在脖子上：这样，药味与药汁便慢慢走入里边去。把药包儿束好，小花猪的口中好像生了两个翅膀，倒并不难看。

虽然吴宅有此骚动，我还是在那里吃了午饭——自然稍微的有点不得劲儿！

过了两天，我又去看小花猪——这回是专程探病，绝不为看别人；我知道现在猪的价值有多大！小花猪的口中已无那个药包，而且也吃点东西了。大家都很高兴，我就又就棍打腿的骗了顿饭吃，并且提出声明：到冬天，得分给我几斤腊肉！组缃先生与太太没加任何考虑便答应了。吴太太说：“几斤？十斤也行！想想看，那天它要是一病不起……”大家听罢，都出了冷汗！

马宗融先生的时间观念

马宗融先生的表大概是，我想是一个装饰品。无论约他开会，还是吃饭，他总迟到一个多钟头，他的表并不慢。

来重庆,他多半是住在白象街的作家书屋。有的说也罢，没的说也罢，他总要谈到夜里两三点钟。假若不是别人都困得不出一声了，他还想不起上床去。有人陪着他谈，他能一直坐到第二天夜里两点钟。表、月亮、太阳，都不能引起他注意到时间。

比如说吧，下午三点他须到观音岩去开会，到两点半他还毫无动静。“宗融兄，不是三点，有会吗？该走了吧？”有人这样提醒他。他马上去戴上帽子，提起那有茶碗口粗的木棒，向外走。“七点吃饭。早回来呀！”大家告诉他。他回答声“一定回来”，便匆匆地走出去。

到三点的时候，你若出去，你会看见马宗融先生在门口与一位老太婆，或是两个小学生，谈话儿呢！即使不是这样,他在五点以前也不会走到观音岩。路上每遇到一位熟人，便要谈，至少，十分钟的话。若遇上打架吵嘴的，他得过去解劝，还许把别人劝开，而他与另一位劝架的打起来！遇上某处起火，他得帮着去救。有人追赶扒手，他必然的加入，非捉到不可。看见某种新东西，他得过去问问价钱，不管买与不买。看到戏报子，马上他去借电话，问还有票没有……这样，他从白象街到观音岩，可以走一天，幸而他记得开会那件事，所以只走两三个钟头！到了开会的地方，即使大家已经散了会，他也得坐两点钟，他跟谁都谈得来，都谈得很有趣，很亲切，很细腻。有人随便哼了一句二黄，他立刻请教给他；有人刚买一条绳子，他马上拿过来练习跳绳——五十岁了啊！

七点，他想起来回白象街吃饭，归路上，又照样的劝架，救火，追贼，问物价，打电话……至早，他在八点半左右走到目的地。满头大汗，三步当作两步走的，他走了进来。饭早已开过了。

所以，我们与友人定约会的时候，若说随便什么时间，早晨也好，晚上也好，反正我一天不出门，你哪时来也可以，我们便说“马宗融的时间吧”！

姚蓬子先生的砚台

作家书屋是个神秘的地方，不信你交到那里一份文稿，而三五日后再亲自去索回，你就必定不说我扯谎了。

进到书屋，十之八九你找不到书屋的主人——姚蓬子先生。他不定在哪里藏着呢。他的被褥是稿子,他的枕头是稿子,他的桌上、椅上、窗台上……全是稿子。简单的说吧，他被稿子埋起来了。当你要稿子的时候，你可以看见一个奇迹。假如说尊稿是十张纸写的吧，书屋主人会由枕头底下翻出两张，由裤袋里掏出三张，书架里找出两张，窗子上揭下一张，还欠两张。你别忙，他会由老鼠洞里拉出那两张，一点也不少!

单说蓬子先生的那块砚台，也足够惊人了！那是块无可形容的石砚。不圆不方，有许多角儿，而没有任何角度。有一点沿儿，豁口甚多，底子最奇，四周翘起，中间的一点凸出，如元宝之背，它会像陀螺似的在桌上乱转，还会一头高一头低地倾斜，如浪中之船。我老以为孙悟空就是由这块石头跳出去的!

到磨墨的时候，它会由桌子这一端滚到那一端，而且响如快跑的马车。我每晚十时必就寝，而对门儿书屋的主人要办事办到天亮。从十时到天亮，他至少研十次墨，一次比一次响——到夜最静的时候，大概连南岸都感到一点震动。从我到白象街起，我没做过一个好梦，刚一入梦，砚台来了一阵雷雨，梦为之断。在夏天，砚一响，我就起来拿臭虫。冬天可就不好办，只好咳嗽几声，使之闻之。

现在，我已交给作家书屋一本书，等得到出版，我必定破费几十元，送给书屋主人一块平底的，不出声的砚台！

何容先生的戒烟

首先要声明：这里所说的烟是香烟，不是鸦片。

从武汉到重庆，我老同何容先生在一间屋子里，一直到前年八月间。在武汉的时候，我们都吸“大前门”或“使馆”牌；小大“英”似乎都不够味儿。到了重庆，小大“英”似乎变了质，越来越“够”味儿了，“前门”与“使馆”倒仿佛没了什么意思。慢慢的，“刀”牌与“哈德门”又变成我们的朋友，而与小大“英”，不管是谁的主动吧，好像冷淡得日甚一日。不久，“刀”牌与“哈德门”又与我们发生了意见，差不多要绝交的样子。何容先生就决心戒烟！

在他戒烟之前，我已声明过：“先上吊，后戒烟！”本来吗，“弃妇抛雏”的流亡在外，吃不敢进大三元，喝么也不过是清一色（黄酒贵，只好吃点白干），女友不敢去交，男友一律是穷光蛋，住是二人一室，睡是臭虫满床，再不吸两枝香烟，还活着干吗呢？可是，一看何容先生戒烟，我到底受了感动，既觉自己无勇，又钦佩他的伟大；所以，他在屋里，我几乎不敢动手取烟，以免动摇他的坚决！

何容先生那天睡了十六个钟头，一枝烟没吸！醒来，已是黄昏，他便独自走出去。我没敢陪他出去，怕不留神递给他一枝烟，破了戒！掌灯之后，他回来了，满面红光，含着笑的，从口袋中掏出一包土产卷烟来。“你尝尝这个，”他客气地让我，“才一个铜板一枝！有这个，似乎就不必戒烟了！没有必要！”把烟接过来，我没敢说什么，怕伤了他的尊严。面对面的，把烟燃上，我俩细细地欣赏。头一口就惊人，冒的是黄烟，我以为他误把爆竹买来了！听了一会儿，还好，并没有爆炸，就放胆继续地吸。吸了不到四五口，我看见蚊子都争着向外边飞，我很高兴。既吸烟，又驱蚊，太可贵了！再吸几口之后，墙上又发现了臭虫，大概也要搬家，我更高兴了！吸到了半枝，何容先生与我也跑出去了！他低声地说：“看样子，还得戒烟！”

何容先生二次戒烟，有半天之久。当天的下午，他买来了烟斗与烟叶。“几毛钱的烟叶，够吃三四天的，何必一定戒烟呢！”他说。吸了几天的烟斗，他发现了：（一）不便携带；（二）不用力，抽不到；用力，烟油射在舌头上；（三）费洋火；（四）须天天收拾，麻烦！有此四弊，他就戒烟斗，而又吸上香烟了。“始作卷烟者，其无后乎！”他说。

最近二年，何容先生不知戒了多少次烟了，而指头上始终是黄的。

第四辑

幽默人间

记 懒 人

一间小屋，墙角长着些兔儿草，床上卧着懒人。他姓什么？或者因为懒得说，连他自己也记不清了。大家只呼他为懒人，他也懒得否认。

在我的经验中，他是世上第一个懒人，因此我对他很注意：能上“无双谱”的总该是有价值的。

幸而人人有个弱点，不然我便无法与他来往；他的弱点是喜欢喝一盅。虽然他并不因爱酒而有任何行动，可是我给他送酒去，他也不坚持到底的不张开嘴。更可喜的是三杯下去，他能暂时的破戒——和我说话。我还能舍不得几瓶酒么？所以我成了他的好友。自然我须把酒杯满上，送到他的唇边，他才肯饮。为引诱他讲话，我能不殷勤些？况且过了三杯，我只须把酒瓶放在他的手下，他自己便会斟满的。

他的话有些，假如不都是，很奇怪可喜的。而且极其天真，因为他的脑子是懒于搜集任何书籍上的与旁人制造的话的。他没有常识，因此他不讨厌。他确是个宝贝，在这可厌的社会中。

据他说，他是自幼便很懒的。他不记得他的父亲是黄脸膛还是白净无须：他三岁的时候，他的父亲死去；他懒得问妈妈关于爸爸的事。他是妈妈的儿子，因为她也是懒得很有个样儿。旁的妇女是孕后九或十个月就生产。懒人的妈妈怀了他一年半，因为懒得生产。他的生日，没人晓得；妈妈是第一个忘记了它，他自然想不起问。

他的妈妈后来也死了，他不记得怎样将她埋葬。可是，他还记得妈妈的面貌。妈妈，虽在懒人的心中，也难免被想念着；懒人借着酒力叹了一口十年未曾叹过的气；泪是终于懒得落的。

他入过学。懒得记忆一切，可是他不能忘记许多小四方块的字，因为学校里的人，自校长至学生，没有一个不像活猴儿，终日跳动；所以他不能不去看那些小四方块，以得些安慰。最可怕的记忆便是“学生”。他想不出为何他的懒妈将他送入学校去，或者因为他入了学，她可以多心静一些？

苦痛往往逼迫着人去记忆。他记得“学生”—— 一群推他打他挤他踢他骂他笑他的活猴子。他是一块木头。被猴子们向四边推滚。他似乎也毕过业，但是懒得去领文凭。

“老子的心中到底有个‘无为’萦绕着，我连个针尖大的理想也没有。”他已饮了半瓶白酒，闭着眼说。

“人类的纷争都是出于好事好动；假如人都变成桂树或梅花，世上当怎样的芬香静美？”我故意诱他说话。

他似乎没有听见，或是故意懒得听别人的意见。

我决定了下次再来，须带白兰地；普通的白酒还不够打开他的说话机关的。

白兰地果然有效，他居然坐起来了。往常他向我致敬只是闭着眼，稍微动一动眉毛。然后，我把酒递到他的唇边，酒过三杯，他开始讲话，可是始终是躺在床上不起来。酒喝足了，在我告辞之际，他才肯指一指酒瓶，意思是叫我将它挪开；有的时候他连指指酒瓶都觉得是多事。

白兰地得着了空前的胜利，他坐起来了！我的惊异就好似看见了死人复活。我要盘问他了。

“朋友，”我的声音有点发颤，大概因为是有惊有喜，“朋友，在过去的经验中，你可曾不懒过一天或一回没有呢？”

“天下有多少事能叫人不懒一整天呢？”他的舌头有点

僵硬。我心中更喜欢了：被酒激硬的舌头是最喜欢运动的。

“那么，不懒过一回没有呢？”

他没当时回答我。我看得出，他是搜寻他的记忆呢。他的脸上有点很近于笑的表示——这不过是我的猜测，我没见过他怎样笑。过了好久，他点了点头，又喝下一杯酒，慢慢的说：

“有过一次。许久许久以前的事了。设若我今年是四十岁——没心留意自己的岁数——那必是我二十来岁的事了。”

他又停顿住了。我非常的怕他不再往下说，可是也不敢促迫他；我等着，听得见我自己的心跳。

“你说，什么事足以使懒人不懒一次。”他猛孤丁的问了我一句。

我一时找不到相当的答案；不知道是怎么想起来的，我这么答对了他：

“爱情，爱情能使人不懒。”

“你是个聪明人！”他说。

我也吞了一大口白兰地，我的心几乎要跳出来。

他的眼合成一道缝，好像看着心中正在构成着的一张图画。然后像自己念道：“想起来了！”

我连大气也不敢出的等着。

“一株海棠树，”他大概是形容他心里哪张画，“第一次见着她，便是在海棠树下。开满了花，像蓝天下的一大团雪，围着金黄的蜜蜂。我与她便躺在树下，脸朝着海棠花，时时有小鸟踏下些花片，像些雪花，落在我们的脸上。她，那时节，也就是十几岁吧，我或者比她大一些。她是妈妈的娘家的；不晓得怎样称呼她，懒得问。我们躺了多少时候？我不记得。只记得那是最快活的一天：听着蜂声，闭着眼用脸承接着花片，花荫下见不着阳光，可是春气吹拂着全身，安适而温暖。我们俩就像埋在春光中的一对爱人，最好能永远不动，直到宇宙崩毁的时候。她是我理想中的人儿。她和妈妈相似——爱情在静里享受。别的女子们，见了花便折，见了镜子就照，使人心慌意乱。她能领略花木样的恋爱；我是讨厌蜜蜂的，终日瞎忙。可是在那一天，蜜蜂确是不错，它们的嗡嗡使我半睡半醒，半死半生；在生死之间我得到完全的恬静与快乐。这个快乐是一睁开眼便会失去的。”

他停顿了一会儿，又喝了半杯酒。他的话来得流畅轻快了：“海棠花开残，她不见了。大概是回了家，大概是。临走的那一天，我与她在海棠树下——花开已残，一树的油绿叶儿，小绿海棠果顶着些黄须——彼此看着脸上的红潮起落，不知起落了多少次。我们都懒得说话。眼睛交谈了一切。”

“她不见了，”他说得更快了，“自然懒得去打听，更提不到去找她。想她的时候，我便在海棠树下静卧一天。第二年花开的时候，她没有来，花一点也不似去年那么美了，蜂声更讨厌。”

这回他是对着瓶口灌了一气。

“又看见她了，已长成了个大姑娘。但是，但是，”他的眼似乎不得力的眨了几下，微微有点发湿，“她变了。她一来到，我便觉出她太活泼了。她的话也很多，几乎不给我留个追想旧时她怎样静美的机会了。到了晚间，她偷偷的约我在海棠树下相见。我是日落后向不轻动一步的，可是我答应了她;爱情使人能不懒了，你是个聪明人。我不该赴约，可是我去了。她在树下等着我呢。‘你还是这么懒？’这是她的第一句话,我没言语。‘你记得前几年,咱们在这花下？’她又问，我点了点头——出于不得已。‘唉！’她叹了一口气，‘假如你也能不懒了；你看我！’我没说话。‘其实你也可以不懒的；假如你真是懒得到家，为什么你来见我？你可以不懒！咱们——’她没往下说，我始终没开口，她落了泪，走开。我便在海棠下睡了一夜，懒得再动。她又走了。不久听说她出嫁了。不久，听说她被丈夫给虐待死了。懒是不利于爱情的。但是,她,她因不懒而丧了一朵花似的生命！

假如我听她的话改为勤谨，也许能保全了她，可也许丧掉我的命。假如她始终不改懒的习惯，也许我们到现在还是同卧在海棠花下，虽然未必是活着，可是同卧在一处便是活着，永远的活着。只有成双作对才算爱，爱不会死！”

“到如今你还想念着她？”我问。

“哼，那就是那次破了懒戒的惩罚！一次不懒，终身受罪；我还不算个最懒的人。”他又卧在床上。

我将酒瓶挪开。他又说了话：

“假如我死去——虽然很懒得死——请把我埋在海棠花下，不必费事买棺材。我懒得理想，可是既提起这件事，我似乎应当永远卧在海棠花下——受着永远的惩罚！”

过了些日子，我果然将他埋葬了。在上边临时种了一株海棠；有海棠树的人家没有允许我埋人的。

马裤先生

火车在北平东站还没开，同屋那位睡上铺的穿马裤，戴平光的眼镜，青缎子洋服上身，胸袋插着小楷羊毫，足蹬青绒快靴的先生发了问：“你也是从北平上车？”很和气的。

我倒有点迷了头，火车还没动呢，不从北平上车，难道由——由哪儿呢？我只好反攻了：“你从哪儿上车？”很和气的。我很希望他说是由汉口或绥远上车，因为果然如此，那么中国火车一定已经是无轨的，可以随便走走；那多么自由！

他没言语。看了看铺位，用尽全身——假如不是全身——的力气喊了声，“茶房！”

茶房正忙着给客人搬东西，找铺位。可是听见这么紧急的一声喊，就是有天大的事也得放下，茶房跑来了。

“拿毯子！”马裤先生喊。

“请少待一会儿，先生，”茶房很和气的说，“一开车，马上就给您铺好。”

马裤先生用食指挖了鼻孔一下，别无动作。

茶房刚走开两步。

“茶房！”这次连火车好似都震得直动。

茶房像旋风似的转过身来。

“拿枕头，”马裤先生大概是已经承认毯子可以迟一下，可是枕头总该先拿来。

“先生，请等一等，您等我忙过这会儿去，毯子和枕头就一齐全到。”茶房说的很快，可依然是很和气。

茶房看马裤客人没任何表示，刚转过身去要走，这次火车确是哗啦了半天，“茶房！”

茶房差点吓了个跟头，赶紧转回身来。

“拿茶！”

“先生，请略微等一等，一开车茶水就来。”

马裤先生没任何的表示。茶房故意的笑了笑，表示歉意。然后搭讪着慢慢的转身，以免快转又吓个跟头。转好了身，腿刚预备好快走，背后打了个霹雳，“茶房！”

茶房不是假装没听见，便是耳朵已经震聋，竟自没回头，一直的快步走开。

“茶房！茶房！茶房！”马裤先生连喊，一声比一声高：站台上送客的跑过一群来，以为车上失了火，要不然便是出了人命。茶房始终没回头。马裤先生又挖了鼻孔一下，坐在我的床上。刚坐下，“茶房！”茶房还是没来。看着自己的磕膝，脸往下沉，沉到最长的限度，手指一挖鼻孔，脸好似唰的一下又纵回去了。然后，“你坐二等？”这是问我呢。我又毛了，我确是买的二等，难道上错了车？

“你呢？”我问。

“二等。这是二等。二等有卧铺。快开车了吧？茶房！”

我拿起报纸来。

他站起来，数他自己的行李，一共八件，全堆在另一卧铺上——两个上铺都被他占了。数了两次，又说了话，“你的行李呢？”

我没言语。原来我误会了：他是善意，因为他跟着说，“可恶的茶房，怎么不给你搬行李？”

我非说话不可了：“我没有行李。”

“呕?！”他确是吓了一跳，好像坐车不带行李是大逆不道似的。“早知道，我那四只皮箱也可以不打行李票了！”

这回该轮着我了，“呕?！”我心里说，“幸而是如此，不然的话，把四只皮箱也搬进来，还有睡觉的地方啊?！”

我对面的铺位也来了客人，他也没有行李，除了手中提着个扁皮夹。

“呕?！”马裤先生又出了声，“早知道你们都没行李，那口棺材也可以不另起票了！”

我决定了。下次旅行一定带行李;真要陪着棺材睡一夜，谁受得了!

茶房从门前走过。

“茶房！拿手巾把！”

“等等，”茶房似乎下了抵抗的决心。

马裤先生把领带解开，摘下领子来，分别挂在铁钩上：所有的钩子都被占了，他的帽子，风衣，已占了两个。

车开了，他登时想起买报，“茶房！”

茶房没有来。我把我的报赠给他；我的耳鼓出的主意。

他爬上了上铺，在我的头上脱靴子，并且击打靴底上的土。枕着个手提箱，用我的报纸盖上脸，车还没到永定门，他睡着了。

我心中安坦了许多。

到了丰台，车还没站住，上面出了声，“茶房！”

没等茶房答应，他又睡着了；大概这次是梦话。

过了丰台，茶房拿来两壶热茶。我和对面的客人——一位四十来岁平平无奇的人，脸上的肉还可观——吃茶闲扯。大概还没到廊房，上面又开了雷，“茶房！”

茶房来了，眉毛拧得好像要把谁吃了才痛快。

“干吗？先——生——”

“拿茶！”上面的雷声响亮。

“这不是两壶？”茶房指着小桌说。

“上边另要一壶！”

“好吧！”茶房退出去。

“茶房！”

茶房的眉毛拧得直往下落毛。

“不要茶，要一壶开水！”

“好啦！”

“茶房！”

我直怕茶房的眉毛脱净！

“拿毯子，拿枕头，打手巾把，拿——”似乎没想起拿什么好。

“先生，您等一等。天津还上客人呢；过了天津我们一总收拾，也耽误不了您睡觉！”茶房一气说完，扭头就走，好像永远不再想回来。

待了会儿，开水到了，马裤先生又入了梦乡，呼声只比“茶房”小一点，可是匀调而且是继续的努力，有时呼声稍低一点，用咬牙来补上。

“开水，先生！”

“茶房！”

“就在这哪；开水！”

“拿手纸！”

“厕所里有。”

“茶房！厕所在哪边？”

“哪边都有。”

“茶房！”

“回头见。”

“茶房！茶房！！茶房！！！”

没有应声。

“呼——呼呼——呼”又睡了。

有趣！

到了天津。又上来些旅客。马裤先生醒了，对着壶嘴喝了一气水。又在我头上击打靴底。穿上靴子，出溜下来，食指挖了鼻孔一下，看了看外面。“茶房！”

恰巧茶房在门前经过。

“拿毯子！”

“毯子就来。”

马裤先生走出去，呆呆的立在走廊中间，专为阻碍来往的旅客与脚夫。忽然用力挖了鼻孔一下，走了。下了车，看看梨，没买；看看报，没买；看看脚行的号衣，更没作用。又上来了，向我招呼了声，“天津，唉？”我没言语。他向自己说，“问问茶房，”紧跟着一个雷，“茶房！”我后悔了，赶紧的说，“是天津，没错儿。”

“总得问问茶房；茶房！”

我笑了，没法再忍住。

车好容易又从天津开走。

刚一开车，茶房给马裤先生拿来头一份毯子、枕头和手巾把。马裤先生用手巾把耳孔鼻孔全钻得到家，这一把手巾擦了至少有一刻钟，最后用手巾擦了擦手提箱上的土。

我给他数着，从老站到总站的十来分钟之间，他又喊了四五十声茶房。茶房只来了一次，他的问题是火车向哪面走呢？茶房的回答是不知道；于是又引起他的建议，车上总该有人知道，茶房应当负责去问。茶房说，连驶车的也不晓得东西南北。于是他几乎变了颜色，万一车走迷了路？！

茶房没再回答，可是又掉了几根眉毛。

他又睡了，这次是在头上摔了摔袜子，可是一口痰并没往下唾，而是照顾了车顶。

我睡不着是当然的，我早已看清，除非有一对“避呼耳套”当然不能睡着。可怜的是别屋的人，他们并没预备来熬夜，可是在这种带钩的呼声下，还只好是白瞪眼一夜。

我的目的地是德州，天将亮就到了。谢天谢地！

车在此处停半点钟，我雇好车，进了城，还清清楚楚的听见“茶房！”。

一个多礼拜了，我还惦记着茶房的眉毛呢。

不说谎的人

一个自信是非常诚实的人，像周文祥，当然以为接到这样的一封信是一种耻辱。在接到了这封信以前，他早就听说过有个瞎胡闹的团体，公然扯着脸定名为“说谎会”。在他的朋友里，据说，有好几位是这个会的会员。他不敢深究这个“据说”。万一把事情证实了，那才怪不好意思：绝交吧，似乎太过火；和他们敷衍吧，又有些对不起良心。周文祥晓得自己没有什么了不得的才干，但是他忠诚实在，他的名誉与事业全仗着这个；诚实是他的信仰。他自己觉得像一块笨重的石头，虽然不甚玲珑美观，可是结实硬棒。现在居然接到这样的一封信：

……没有谎就没有文化。说谎是最高的人生艺术。我们怀疑一切，只是不疑心人人事事都说谎这件事。历史是谎言的纪录簿，报纸是谎言的播音机。巧于说谎的有最大的幸福，因为会说谎就是智慧。想想看，一天之内，要是不说许多谎话，得打多少回架；夫妻之间，不说谎怎能平安的度过十二小时。我们的良心永远不责备我们在情话情书里所写的——一片谎言！然而恋爱神圣啊！胜者王侯败者贼，是的，少半在乎说谎的巧拙。文化是谎的产物。文质彬彬，然后君子——最会扯谎的家伙。最好笑的是人们一天到晚没法掩藏这个宝物，像孕妇故意穿起肥大的风衣那样。他们仿佛最怕被人家知道了他们时时在扯谎，于是谎上加谎，成为最大的谎。我们不这样，我们知道谎的可贵，与谎的难能，所以我们诚实的扯谎，艺术的运用谎言，我们组织说谎会，为的是研究它的技巧，与宣传它的好处。我们知道大家都说谎，更愿意使大家以后说谎不像现在这么拙劣，……素仰先生惯说谎，深愿彼此琢磨，以增高人生幸福，光大东西文化！倘蒙不弃……

没有念完，周文祥便把信放下了。这个会，据他看，是胡闹；这封信也是胡闹。但是他不能因为别人胡闹而幽默的原谅他们。他不能原谅这样闹到他自己头上来的人们，这是污辱他的人格。“素仰先生惯于说谎”？他不记得自己说过谎。即使说过，也必定不是故意的。他反对说谎。他不能承认报纸是制造谣言的，因为他有好多意见与知识都是从报纸得来的。

说不定这封信就是他所认识的，“据说”是说谎会的会员的那几个人给他写来的，故意开他的玩笑，他想。可是在信纸的左上角印着“会长唐翰卿；常务委员林德文，邓道纯，费穆初；会计何兆龙”。这些人都是周文祥知道而愿意认识的，他们在社会上都有些名声，而且是有些财产的。名声与财产，在周文祥看，绝对不能是由瞎胡闹而来的。胡闹只能毁人。那么，由这样有名有钱的人们所组织的团体，按理说，也应当不是瞎闹的。附带着，这封信也许有些道理，不一定是朋友们和他开玩笑。他又把信拿起来，想从新念一遍。可是他只读了几句，不能再往下念。不管这些会长委员是怎样的有名有福，这封信到底是荒唐。这是个恶梦！一向没遇见这样矛盾，这样想不出道理的事！

周文祥是已经过了对于外表勤加注意的年龄。虽然不是故意的不修边幅，可是有时候两三天不刮脸而心中可以很平静；不但平静，而且似乎更感到自己的坚实朴简。他不常去照镜子；他知道自己的圆脸与方块的身子没有什么好看；他的自爱都寄在那颗单纯实在的心上。他不愿拿外表显露出内心的聪明，而愿把面貌体态当作心里诚实的说明书。他好像老这么说："看看我！内外一致的诚实！周文祥没别的，就是可靠！"

把那封信放下，他可是想对镜子看看自己；长久的自信使他故意的要从新估量自己一番，像极稳固的内阁不怕，而且欢迎，"不信任案"的提出那样。正想往镜子那边去，他听见窗外有些脚步声。他听出来那是他的妻来了。这使他心中突然很痛快，并不是欢迎太太，而是因为他听出她的脚步声儿。家中的一切都有定规，习惯而亲切，"夏至"那天必定吃卤面，太太走路老是那个声儿。但愿世界上所有的事都如此，都使他习惯而且觉得亲切。假如太太有朝一日不照着他所熟习的方法走路，那要多么惊心而没有一点办法！他说不上爱他的太太不爱，不过这些熟习的脚步声儿仿佛给他一种力量，使他深信生命并不是个乱七八糟的恶梦。他知道她的走路法，正如知道他的茶碗上有两朵鲜红的牡丹花。

他忙着把那封使他心中不平静的信收在口袋里，这个举动作得很快很自然，几乎是本能的；不用加什么思索，他就马上决定了不能让她看见这样胡闹的一封信。

“不早了，”太太开开门，一只脚蹬在门坎上，“该走了吧？”

“我这不是都预备好了吗？”他看了看自己的大衫，很奇怪，刚才净为想那封信，已经忘了是否已穿上了大衫。现在看见大衫在身上，想不起是什么时候穿上的。既然穿上了大衫，无疑的是预备出去。早早出去，早早回来，为一家大小去挣钱吃饭，是他的光荣与理想。实际上，为那封信，他实在忘了到公事房去，可是让太太这一催问，他不能把生平的光荣与理想减损一丝一毫：“我这不是预备走吗？”他戴上了帽子。“小春走了吧？”

“他说今天不上学了，”太太的眼看着他，带出作母亲常有的那种为难的样子，既不愿意丈夫发脾气，又不愿儿子没出息，可是假若丈夫能不发脾气呢，儿子就是稍微有点没出息的倾向也没多大的关系。“又说肚子有点痛。”

周文祥没说什么，走了出去。设若他去盘问小春，而把小春盘问短了——只是不爱上学而肚子并不一定疼。这便证明周文祥的儿子会说谎。设若不去管儿子，而儿子真是学会了扯谎呢，就更糟。他只好不发一言，显出沉毅的样子；沉毅能使男人在没办法的时候显出很有办法，特别是在妇女面前。周文祥是家长，当然得显出权威，不能被妻小看出什么弱点来。

走出街门，他更觉出自己的能力本事。刚才对太太的一言不发等等，他作得又那么简净得当，几乎是从心所欲，左右逢源。没有一点虚假，没有一点手段，完全是由生平的朴实修养而来的一种真诚，不必考虑就会应付裕如。想起那封信，瞎胡闹！

公事房的大钟走到八点三十二分，他迟到了两分钟。这是一个新的经验；十年来，他至迟是八点二十八分到，他在作梦的时候，钟上的长针也总是在半点的“这”一边。世界好像宽出二分去，一切都变了样！他忽然不认识自己了，自己一向是八点半“这”边的人；生命是习惯的积聚，新床使人睡不着觉;周文祥把自己丢失了，丢失在两分钟的外面，好似忽然走到荒凉的海边上。

可是，不大一会儿，他心中又平静起来，把自己从迷途上找回来。他想责备自己，不应该为这么点事心慌意乱；同时，他觉得应夸奖自己，为这点小事着急正自因为自己一向忠诚。

坐在办公桌前，他可是又想起点不大得劲的事。公司的规则，规则，是不许迟到的。他看见过同事们受经理的训斥，因为迟到；还有的扣罚薪水，因为迟到。哼，这并不是件小事！自然，十来年的忠实服务是不能因为迟到一次而随便一笔抹杀的，他想。可是假若被经理传去呢？不必说是受申斥或扣薪，就是经理不说什么，而只用食指指周文祥——他轻轻的叫着自己—— 一下，这就受不了；不是为这一指的本身，而是因为这一指便把十来年的荣誉指化了，如同一股热水浇到雪上！

是的，他应当自动的先找经理去，别等着传唤。一个忠诚的人应当承认自己的错误，受申斥或惩罚是应该的。他立起来，想去见经理。

又站了一会儿，他得想好几句话。“经理先生，我来晚了两分钟，几年来这是头一次，可是究竟是犯了过错！”这很得体，他评判着自己的忏悔练习。不过，万一经理要问有什么理由呢？迟到的理由不但应当预备好，而且应当由自己先说出来，不必等经理问。有了：“小春，我的男小孩——肚子疼，所以……”这就非常的圆满了，而且是真事。他并且想到就手儿向经理请半天假，因为小春的肚子疼也许需要请个医生诊视一下。他可是没有敢决定这么作，因为这么作自然显着更圆到，可是也许是太过火一点。还有呢，他平日老觉得非常疼爱小春，也不知怎的现在他并不十分关心小春的肚子疼，虽然按着自己的忠诚的程度说，他应当相信儿子的腹痛，并且应当马上去给请医生。

他去见了经理，把预备好的言语都说了，而且说得很妥当，既不太忙，又不吞吞吐吐的惹人疑心。他没敢请半天假，可是稍微露了一点须请医生的意思。说完了，没有等经理开口，他心中已经觉得很平安了，因为他在事前没有想到自己的话能说得这么委婉圆到。他一向因为看自己忠诚，所以老以为自己不长于谈吐。现在居然能在经理面前有这样的口才，他开始觉出来自己不但忠诚，而且有些未经发现过的才力。

正如他所期望的，经理并没有申斥他，只对他笑了笑。“到底是诚实人！”周文祥心里说。

微笑不语有时候正像怒视无言，使人转不过身来。周文祥的话已说完，经理的微笑已笑罢，事情好像是完了，可是没个台阶结束这一场。周文祥不能一语不发的就那么走出去，而且再站在那里也不大像话。似乎还得说点什么，但又不能和经理瞎扯。一急，他又想起儿子。“那么，经理以为可以的话，我就请半天假，回家看看去！”这又很得体而郑重，虽然不知道儿子究竟是否真害肚疼。

经理答应了。

周文祥走出公司来，心中有点茫然。即使是完全出于爱儿子，这个举动究竟似乎差点根据。但是一个诚实人作事是用不着想了再想的，回家看看去好了。

走到门口，小春正在门前的石墩上唱“太阳出来上学去”呢，脸色和嗓音都足以证明他在最近不能犯过腹痛。

“小春，”周文祥叫，“你的肚子怎样了？”

“还一阵阵的疼，连唱歌都不敢大声的喊！”小春把手按在肚脐那溜儿。

周文祥哼了一声。

见着了太太，他问：“小春是真肚疼吗？”

周太太一见丈夫回来，心中已有些不安，及至听到这个追问，更觉得自己是处于困难的地位。母亲的爱到底使她还想护着儿子，真的爱是无暇选取手段的，她还得说谎：“你出去的时候，他真是肚子疼，疼得连颜色都转了，现在刚好一点！”

“那么就请个医生看看吧？”周文祥为是证明他们母子都说谎，想起这个方法。虽然他觉得这个方法有点欠诚恳，可是仍然无损于他的真诚，因为他真想请医生去，假如太太也同意的话。

“不必请到家来了吧，”太太想了想，“你带他看看去好了。”

他没想到太太会这么赞同给小春看病。他既然这么说了，好吧，医生不会给没病的孩子开方子，白去一趟便足以表示自己的真心爱子，同时暴露了母子们的虚伪，虽然周家的人会这样不诚实是使人痛心的。

他带着小春去找牛伯岩——六十多岁的老儒医，当然是可靠的。牛老医生闭着眼，把带着长指甲的手指放在小春腕上，诊了有十来分钟。

“病不轻！”牛伯岩摇着头说，“开个方子试试吧，吃两剂以后再来诊一诊吧！”说完他开着脉案，写得很慢，而字很多。

小春无事可作，把垫腕子的小布枕当作沙口袋，双手扔着玩。

给了诊金，周文祥拿起药方，谢了谢先生。带着小春出来；他不能决定，是去马上抓药呢，还是干脆置之不理呢？小春确是，据他看，没有什么病。那么给他点药吃，正好是一种惩罚，看他以后还假装肚子疼不！可是，小春既然无病，而医生给开了药方，那么医生一定是在说谎。他要是拿着这个骗人的方子去抓药，就是他自己相信谎言，中了医生的诡计。小春说谎，太太说谎，医生说谎，只有自己诚实。他想起“说谎会”来。那封信确有些真理，他没法不这么承认。但是，他自己到底是个例外，所以他不能完全相信那封信。除非有人能证明他——周文祥——说谎，他才能完全佩服“说谎会”的道理。可是，只能证明自己说谎是不可能的。他细细的想过去的一切，没有可指摘的地方。由远而近，他细想今天早晨所作过的那些事，所说过的那些话，也都无懈可击，因为所作所说的事都是凭着素日诚实的习惯而发的，没有任何故意绕着作出与说出来的地方，只有自己能认识自己。

他把那封信与药方一起撕碎，扔在了路上。

狗　之　晨

东方既明，宇宙正在微笑，玫瑰的光吻红了东边的云。大黑在窝里伸了伸腿；似乎想起一件事，啊，也许是刚才作的那个梦；谁知道，好吧，再睡。门外有点脚步声！耳朵竖起，像雨后的两枝慈姑叶;嘴，可是，还舍不得项下那片暖，柔，有味的毛。眼睛睁开半个。听出来了，又是那个巡警，因为脚步特别笨重，闻过他的皮鞋，马粪味很大；大黑把耳朵落下去，似乎以为巡警是没有什么趣味的东西。但是，脚步到底是脚步声，还得听听;啊，走远了。算了吧，再睡。把嘴更往深里顶了顶，稍微一睁眼，只能看见自己的毛。

刚要一迷糊，哪来的一声猫叫？头马上便抬起来。在墙头上呢，一定。可是并没看到；纳闷：是那个黑白花的呢，还是那个狸子皮的？想起那狸子皮的，心中似乎不大起劲；狸子皮的抓破过大黑的鼻子；不光荣的事，少想为妙。还是那个黑白花的吧，那天不是大黑几乎把黑白花的堵在墙角么？这么一想，喉咙立刻痒了一下，向空中叫了两声。

“安顿着，大黑！”屋中老太太这么喊。

大黑翻了翻眼珠，老太太总是不许大黑咬猫！可是不敢再作声，并且向屋子那边摇了摇尾巴。什么话呢，天天那盆热气腾腾的食是谁给大黑端来？老太太！即使她的意见不对也不能得罪她，什么话呢，大黑的灵魂是在她手里拿着呢。她不准大黑叫，大黑当然不再叫。假如不服从她，而她三天不给端那热腾腾的食来？大黑不敢再往下想了。

似乎受了刺激，再也睡不着；咬咬自己的尾巴，大概是有个狗蝇，讨厌的东西！窝里似乎不易找到尾巴，出去。在院里绕着圆圈找自己的尾巴，刚咬住，“不棱”，又被（谁？）夺了走，再绕着圈捉。有趣，不觉得嗓子里哼出些音调。

“大黑！”

老太太真爱管闲事啊！好吧，夹起尾巴，到门洞去看看。坐在门洞，顺着门缝往外看，喝，四眼已经出来遛早了！四眼是老朋友：那天要不幸亏是四眼，大黑一定要输给二青的！二青那小子，处处是大黑的仇敌：抢骨头，闹恋爱，处处他和大黑过不去！假如那天他咬住大黑的耳朵？十分感激四眼！“四眼！”热情地叫着。四眼正在墙根找到包箱似的方便所在，刚要抬腿；“大黑，快来，到大院去跑一回？”

大黑焉有不同意之理，可是，门，门还关着呢！叫几声试试，也许老头就来开门。叫了几声，没用。再试试两爪，在门上抓了一回，门纹丝没动！

眼看着四眼独自向大院跑去！大黑真急了，向墙头叫了几声，虽然明知道自己没有上墙的本领。再向门外看看，四眼已经没影了。可是门外走着个叫化子，大黑借此为题，拼命的咬起来。大黑要是有个缺点，那就是好欺侮苦人。见汽车快躲，见穷人紧追，大黑几乎由习惯中形成这么两句格言。叫化子也没影了，大黑想象着狂咬一番，不如是好像不足以表示出自己的尊严，好在想象是不费什么实力的。

大概老头快来开门了，大黑猜摸着。这么一想，赶紧跑到后院去，以免大清早晨的就挨一顿骂。果然，刚到后院，就听见老头儿去开街门。大黑心中暗笑，觉得自己的智慧足以使生命十分有趣而平安。

等到老头又回到屋中，大黑轻轻的顺着墙根溜出去。出了街门，抖了抖身上的毛，向空中闻了闻，觉得精神十分焕发。然后又伸了个懒腰，就手儿在地上磨了磨脚指甲，后腿蹬起许多的土，沙沙的打在墙上，非常得意。在门前蹲坐起来，耳朵立着，坐着比站着身量高，加上两个竖立的耳朵，觉得自己很伟大而重要。

刚这么坐好，黄子由东边来了。黄子是这条胡同里的贵族，身量大，嘴是方的，叫的声音瓮声瓮气。大黑的耳朵渐渐往下落，心里嘀咕：还是坐着不动好呢，还是向黄子摆摆尾巴好呢，还是以进为退假装怒叫两声呢？他知道黄子的厉害，同时，又要顾及自己的尊严。他微微的回了回头，呕，没关系，坐在自己家门口还有什么危险？耳朵又微微的往上立，可是其余的地方都没敢动。

黄子过来了！在离大黑不远的一个墙角闻了闻，好像并没注意大黑。大黑心中同时对自己下了两道命令："跑！""别动！"

黄子又往前凑了凑，几乎是要挨着大黑了。大黑的胸部有些颤动。可是黄子还好似没看见大黑，昂然走过去。他远了，大黑开始觉得不是味道：为什么不乘着黄子没防备好而扑过去咬他一口？十分的可耻，那样的怕黄子。大黑越想越看不起自己。为发泄心中的怒气，开始向空中瞎叫。继而一想，万一把黄子叫回来呢？登时立起来，向东走去，这样便不会和黄子走个两碰头。

大黑不像黄子那样在道路当中卷起尾巴走。而是夹着尾巴顺墙根往前溜；这样，如遇上危险，至少屁股可以拿墙作后盾,减少后方的防务。在这里就可以看出大黑并不“大”；大黑的“大”和小花的“小”，都不许十分叫真的。可是他极重视这个“大”字，特别和他主人在一块的时候，主人一喊“大”黑，他便觉得自己至少有骆驼那么大，跟谁也敢拼一拼。就是主人不在眼前的时候,他也不敢承认自己是小。因为连不敢这么承认还不肯卷起尾巴走路呢；设若根本的自认渺小,那还敢出来走走吗？“大”字是他的主心骨。“大”字使他对小哈巴狗，瘦猫，叫花子，敢张口就咬；“大”字使他有时候对大狗——像黄子之类的——也敢露一露牙，和嗓子眼里细叫几声；而且主人在跟前的时候，“大”字使他甚至于敢和黄子干一仗，虽明知必败，而不得不这样牺牲。狗的世界是不和平的，大黑专仗着这个“大”字去欺软怕硬的享受生命。

大黑的长象也不漂亮，而最足自馁的是没有黄子那样的一张方嘴。狗的女性们，把吻永远白送给方嘴；大黑的小尖嘴,猛看像个子粒不足的“老鸡头”,就是把舌头伸出多长，她们连向他笑一下都觉得有失尊严。这个，大黑在自思自叹的时候，不能不归罪于他的父母。虽然老太太常说，大黑的父亲是饭庄子的那个小驴似的老黑，他十分怀疑这个说法。况且谁是他的母亲？没人知道！大黑没有可靠的家谱作证，所以连和四眼谈话的时候，也不提家事；大黑十分伤心，更不敢照镜子；地上有汪水，他都躲开。对于大黑，顾影是不能引起自怜的。那条尾巴！细，软，毛儿不多，偏偏很长，就是卷起来也不威武，况且卷着还很费事；老得夹着！

大黑到了大院。四眼并没在那里。大黑赶紧往四下看看，好在二青什么的全没在那里，心里安定了些。由走改为小跑，觉得痛快。好像二青也算不了什么，而且有和二青再打一架的必要。再和二青打的时候，顶好是咬住他一个地方，死不撒嘴，这样必能致胜。打倒了二青，再联络四眼战败黄子，大黑便可以称雄了。

远处有吠声，好几个狗一同叫呢。细听，有她的声音！她，小花！大黑向她伸过多少回舌头，摆过多少回尾巴；可是她，她连正眼瞧大黑一眼也不瞧！不是她的过错；战败二青和黄子，她自然会爱大黑的。大黑决定去看看，谁和小花一块唱恋歌呢。快跑。别，跑太快了，和黄子碰个头，可不得了；谨慎一些好。四六步的跑。

看见了：小花，嗬，围着七八个，哪个也比大黑个子大，声音高！无望！不便于过去。可是四眼也在那边呢；四眼敢，大黑为何不敢？可是，四眼也个子不小哇，至少四眼的尾巴卷得有个样儿。有点恨四眼，虽然是好朋友。

大黑叫开了。虽然不敢过去，可是在远处示威总比那一天到晚闷在家里的小哈巴狗强多了。那边还有个小板凳狗，安然的在家门口坐着，连叫也不敢叫；大黑的身分增高了很多，凡事就怕比较。

那群大狗打起来了。打得真厉害，啊，四眼倒在底下了。哎呀四眼；呕，活该；到底他已闻了小花一鼻子。大黑的嫉妒把友谊完全忘了。看，四眼又起来了，扑过小花去了，大黑的心差点跳出来了，自己号着转了个圆圈。啊，好！小花极骄慢的躲开四眼。好，小花，大黑痛快极了。

那群大狗打过这边来了，大黑一边看着一边退步，心里说：别叫四眼看见，假如一被看见，他求我帮忙，可就不好办了。往后退，眼睛呆看着小花，她今天特别的骄傲，好看。大黑恨自己！退得离小板凳狗不远了，唉，拿个小东西杀杀气吧！闻了小板凳一下，小板凳跳起来，善意的向大黑腿部一扑，似乎是要和大黑玩耍玩耍。大黑更生气了：谁和你个小东西玩呢？牙露出来，耳朵也立起来示威。小板凳真不知趣：轻轻抓了地几下，腰儿塌着，尾巴卷着直摆。大黑知道这个小东西是不怕他，嘴张开了，预备咬小东西的脖子。正在这个当儿,大狗们跑过来了。小板凳看着他们,小嘴儿噘着巴巴的叫起来，毫无惧意。大黑转过身来，几乎碰着黄子的哥哥，比黄子还大，鼻子上一大道白，这白鼻梁看着就可怕！大黑深恐小板凳的吠声引起他们的注意，而把大黑给围在当中。可是他们只顾追着小花，一群野马似的跑了过去，似乎谁也没有看到大黑。大黑的耻辱算是到了家，他还不如小板凳硬气呢！

似乎得设法叫小板凳看出大黑是和那群大狗为伍的：好吧，向前赶了两步，轻轻的叫了两声，瞭了小板凳一眼，似乎是说：你看，我也是小花的情人；你，小板凳，只配在这儿坐着。

风也似的，小花在前，他们在后紧随，又回来了！躲是来不及了，大黑的左右都是方嘴——都大得出奇！他们全身没有一根毛能舒坦的贴着肉皮子，全离心离骨的立起来。他的腿好像抽出了骨头，只剩下些皮和筋，而还要立着！他的尖嘴向四围纵纵着，只露出一对大牙。他的尾巴似乎要挤进肚皮里去。他的腰躬着，可是这样缩短，还掩不住两旁的筋骨。小花，好像是故意的，挤了他一下。他一点也不觉得舒服，急忙往后退。后腿碰着四眼的头。四眼并没招呼他。

一阵风似的，他们又跑远了。大黑哆嗦着把牙收回嘴中去，把腰平伸了伸，开始往家跑。后面小板凳追上来，一劲巴巴的叫。大黑回头龇了龇牙：干吗呀，你！似乎是说。

回到家中，看了看盆里，老太太还没把食端来。倒在台阶上，舐着腿上的毛。

“一边去！好狗不挡道，单在台阶上趴着！”老太太喊。

翻了翻白眼，到墙根去卧着。心中安定了，开始设想：假如方才不害怕，他们也未必把我怎样了吧！后悔：小花挤了我一下，假使乘那个机会……决定不行，决定不行！那个小板凳！焉知小板凳不是个女性呢，竟自忘了看！谁和小板凳讲交情呢！

门外有人拍门。大黑立刻精神起来，等着老太太叫大黑。

“大黑！”

大黑立刻叫起来，往下扑着叫，觉得自己十二分的重要威严。老太太去看门，大黑跟着，拼命的叫。

送信的。大黑在老太太脚前扑着往外咬。邮差安然不动。老太太踢了大黑一腿：“怎这么讨厌，一边去！”

大黑不敢再叫，随着老太太进来，依旧卧在墙根。肚中发空，眼瞭着食盆，把一切都忘了，好像大黑的生命存在与否只看那个黑盆里冒热气不冒！

图书在版编目（CIP）数据

草原 · 北京的春节 / 老舍著 . -- 武汉 : 长江少年儿童出版社, 2025. 5. -- (课文作家经典作品系列).
ISBN 978-7-5721-2228-6

Ⅰ . I216.2

中国国家版本馆 CIP 数据核字第 2025FQ7815 号

课文作家经典作品系列 · 草原 · 北京的春节

KEWEN ZUOJIA JINGDIAN ZUOPIN XILIE · CAOYUAN · BEIJING DE CHUNJIE

老舍　著

出 品 人：何　龙
策　　划：姚　磊　胡同印
项目统筹：吴炫凝　汤　纯
责任编辑：熊利辉
实习编辑：杨飞燕
整体设计：陈　奇
出版发行：长江少年儿童出版社
邮政编码：430070
网　　址：http://www.cjcpg.com
承 印 厂：湖北新华印务有限公司
经　　销：新华书店湖北发行所
开　　本：720 毫米 × 970 毫米　1/16
印　　张：7.5
字　　数：63 千字
版　　次：2025 年 5 月第 1 版
印　　次：2025 年 5 月第 1 次印刷
书　　号：ISBN 978-7-5721-2228-6
定　　价：28.00 元

封面插图：视觉中国
内文插图：视觉中国
排版制作：董　曼
责任校对：邓晓素
责任印制：邱　刚　雷　恒
